Dance, Nana, Dance,

Cuban Folktales in English and Spanish
Baila, Nana, Baila

Retold by Joe Hayes

Illustrated by Mauricio Trenard Sayago

CINCO PUNTOS PRESS  EL PASO

FIRST EDITION
10 9 8 7 6 5 4 3 2 1

Library of Congress Cataloging-in-Publication Data

Hayes, Joe.
  Dance, Nana, dance = Baila, Nana, baila : Cuban folktales in English and Spanish / retold by Joe Hayes ; illustrated by Mauricio Trenard Sayago. -- 1st ed.
      p. cm.
  Summary: A collection of stories from Cuban folklore, representing the cultures of Spain, Africa, and the Caribbean.
  ISBN 978-1-933693-61-3(alk. paper)
  1. Tales--Cuba. [1. Folklore--Cuba. 2. Spanish language materials--Bilingual.] I. Sayago, Mauricio Trenard, ill. II. Title. III. Title: Baila, nana, baila.

  PZ73.H265 2008
  [398.2]--dc22
                           2007038295

Many thanks to Eida de la Vega for her edit of Joe Hayes' Spanish translation.

BOOK DESIGN BY THE INIMITABLE JB BRYAN OF LA ALAMEDA PRESS
Set in Adobe Caslon with Bountiful titling

Table of Contents

INTRODUCTION

IF YOU TRAVEL TO CUBA, the people will greet you with a smile. They'll want to know where you're from and if you like Cuba. And right away they'll want you to go to their home and eat a meal. In the meal you'll find a mixture of food and flavors from Spain and Africa—and from many Caribbean cultures as well. In Cuban folktales you can taste the same mixture of flavors.

I first visited Cuba in 2001 to participate in a workshop dealing with the translation of literature from Spanish into English. When I wasn't busy attending classes, I searched for Cuban storytellers and people who were familiar with the folklore of the island. The staff at the *Centro de Investigación y Desarrollo de la Cultura Cubana Juan Marinello* in Havana was very helpful. It was there that I met Martha Esquenazi, a Cuban folklorist and musicologist who lent me the manuscript of a collection of folktales she was preparing. Paper is sometimes hard to find in Cuba and the copy of the manuscript she entrusted me with was the only one she had. It was one of the first demonstrations I experienced of the incredible faith and generosity of the Cuban people. The tales she documented and her notes on the origin and development of Cuban folktales started me thinking about a book of Cuban stories for young readers in the United States.

It took me a long time to produce this small collection, however. To me, a story retold from another culture is like the fruit of a tree that branches out across the fence from my neighbor's yard into mine. The roots of the tree stay firmly fixed in the neighbor's yard, but I get to enjoy some of the fruit if I feel like I know my neighbor well and am sure it's all right to pick it. I made several trips back to Cuba and

gathered and studied all the material about the country's folklore I could find before I felt I would be able to tell the stories in a way that preserved their strong roots in Cuban culture while putting them in easy reach of young readers in this country. I hope I've been successful.

Martha Esquenazi's book was published in 2002 with the title *Los Cuentos cantados en Cuba* (*Tales Sung in Cuba*). As the title suggests, all the stories incorporate at least one song. This is to be expected in tales of African origin because singing is so intertwined with storytelling in that tradition, but in Cuba even tales that came originally from Europe have acquired a musical verse or two. Of course, lilting refrains are not unknown in European storytelling, but the music-loving Cubans have enriched almost every story with a song. Sometimes the lyrics are in Spanish, sometimes in the Afro-Cuban dialect referred to as *lucumí*. Sometimes they have no specific meaning, but simply imitate the sound of an animal or something in nature. In many cases I've simplified and shortened the songs, especially when the original lyrics would not be understood by a Spanish or English speaker. Some Cuban researchers have recorded the tunes of the songs, but most haven't. When I tell the stories, I make up my own melody, one the listeners can easily pick up, and I suggest other storytellers do the same. The most important thing is to have fun reading and telling the stories. Then you'll be participating in the real spirit of Cuban storytelling.

— Joe Hayes

To all my Cuban storyteller friends.
Joe Hayes

Para Issandro y Lucia Trenard:
Otra bella oportunidad para decirles cuánto los amo.
Mauricio Trenard Sayago

YAMS DON'T TALK
LOS ÑAMES NO HABLAN

ONE YEAR A YOUNG WIFE and her young husband harvested a big pile of yams from their field. Yams, rice, beans and an occasional chicken were just about all they ever had to eat, so they were very pleased. They had enough tasty yams to keep them supplied for the rest of the year. They piled the yams in a dry place under their house.

But that very afternoon, Jicotea, the tricky old turtle, crawled under the house to escape the hot sun and discovered the pile of yams.

"Here's food and shelter all together in a nice, cool place," Jicotea said to herself, and she burrowed deep into the pile of yams. "I may just spend the rest of my life right here."

UN AÑO, UNA JOVEN PAREJA cosechó una gran cantidad de ñames de su huerto. Su alimento tan solo consistía en ñames, arroz, frijoles y uno que otro pollito, y por eso estaban muy contentos. Contaban con lo suficiente para pasar todo el año comiendo los sabrosos ñames. Los guardaron en un lugar seco debajo de la casa.

Pero aquella misma tarde Jicotea, la tortuga traviesa, se metió debajo de la casa para protegerse del sol abrasador y encontró el montoncito de ñames.

"Aquí hay comida y abrigo en un solo lugar", pensó, y se hundió en la pila de ñames. "A ver si paso el resto de la vida aquí mismo".

That evening the young couple decided to boil a chicken and cook up a yam to celebrate their good harvest. Young Husband sat down to pluck the chicken and Young Wife ran to select a nice fat yam from the pile.

Jicotea heard someone, or something, approaching her new home and then felt the pile above her begin to move as Young Wife sorted through the yams.

Jicotea roared,

**"THIEF! SCOUNDREL!
LEAVE US WHERE WE ARE!"**

The poor young wife was terrified. She ran into the house. "The yams can talk!" she told her young husband. "They don't want to be taken from the pile."

Her husband laughed. "Did you say that yams can talk?" he said. "Don't be silly. Everyone knows that yams don't talk. You pluck this chicken. I'll bring back a yam."

The young husband crawled under the house to the pile of yams. Again Jicotea heard someone coming. As soon as the young man reached out his hand and touched a fat yam, she bellowed,

**"THIEF! SCOUNDREL!
LEAVE US WHERE WE ARE!"**

The young husband dropped the yam like a poisonous snake and jumped back. "Ho!" he said. "These yams do talk! I'd better tell the king about this."

The young husband ran until he came to the king's house. "King," he said, "my yams are talking. The ones under my house can talk. They don't want to be taken from the pile."

The king laughed, "Ho, ho, ho, ho." And his round belly shook up and down. "Silly young boy," he said. "Yams don't talk."

Esa tarde la joven pareja decidió cocinar un pollo y preparar una ración de ñames para celebrar la buena cosecha. El hombre se sentó a desplumar el pollo y la mujer corrió a escoger un buen ñame gordo de la pila.

Jicotea oyó que algo, o alguien, se acercaba a su nuevo domicilio y luego sintió que los ñames de arriba se movían.

Jicotea rugió:

¡LADRÓN! ¡CANALLA!
¡DÉJANOS DONDE ESTAMOS!

La pobre mujer se espantó. Entró corriendo a la casa.

—Los ñames hablan —le dijo a su marido—. No quieren ser llevados de la pila.

El marido se rió: —¿Que los ñames hablan? —dijo—. No seas tonta. Todo el mundo sabe que los ñames no pueden hablar. Ven. Despluma este pollo mientras busco un ñame.

El joven marido se metió debajo de la casa y se acercó a gatas al montón de ñames. Otra vez Jicotea oyó que se acercaba alguien. Tan pronto el hombre alargó la mano y tocó un ñame, Jicotea bramó:

¡LADRÓN! ¡CANALLA!
¡DÉJANOS DONDE ESTAMOS!

El joven marido soltó el ñame como si fuera una serpiente venenosa y retrocedió de un brinco.

—¡Jo! —dijo—. Estos ñames sí hablan. Más vale que el rey se entere del asunto.

El joven marido corrió hasta llegar a la casa del rey.

—Rey —le dijo—, mis ñames hablan. Los que tengo guardado debajo de mi casa hablan. No quieren que los quitemos del montoncito.

El rey se rió: —Ja, ja, ja, ja—. Su panza amplia se sacudía de arriba a abajo.

—Jovencito inocente —dijo—. Los ñames no hablan.

"King," the young husband insisted, "the yams under our house talk. My wife and I have both heard them. You must come and hear."

The king rose from his seat on the floor. With his manservants surrounding him and his whole army marching along behind, he followed the young husband home.

"My man," the king said to his chief manservant, "take a yam from the pile."

The servant reached out cautiously and touched a yam.

"THIEF! SCOUNDREL!
LEAVE US WHERE WE ARE!"

The chief manservant jumped back. The other manservants did too. So did the king and all his soldiers.

The king called for the bravest man in the army to come forward.

"Brave man," said the king, "pick up a yam from the pile."

The bravest man in the army reached out and touched a yam.

"THIEF! SCOUNDREL!
LEAVE US WHERE WE ARE!"

The bravest man in the army dropped the yam and ran back a hundred yards. The whole army ran back with him.

"Yams must not talk!" the king declared loudly and pounded his walking staff against the ground. "In this land, yams do not talk!"

"But these yams talk," the young husband and the chief manservant reminded him.

"Ha!" the king said. "Send for Osain of the Three Feet. The holy one of the forest can help us with these talking yams."

The king's soldiers ran off and found Osain of the Three Feet. The holy man had three arms, three legs, three eyes and three ears and he arrived walking — *one-two-three, one-two-three.*

—Rey —insistió el hombre—. Los ñames debajo de nuestra casa hablan. Tanto mi mujer como yo los hemos oído. Usted tendrá que ir y escuchar.

El rey se levantó de su cojín en el piso. Rodeado de sus sirvientes y con todo un ejército marchando detrás, siguió al joven marido hasta su casa.

—Hombre —le dijo el rey al sirviente principal—, toma un ñame de la pila.

El sirviente extendió el brazo cautelosamente y palpó un ñame.

¡LADRÓN! ¡CANALLA!
¡DÉJANOS DONDE ESTAMOS!

El sirviente principal saltó hacia atrás. También lo hicieron los otros sirvientes, el rey y todos los soldados.

El rey mandó llamar al hombre más valiente del ejército.

—Hombre valiente —dijo el rey—, coge un ñame del montón.

El hombre más valiente extendió el brazo y tocó un ñame.

¡LADRÓN! ¡CANALLA!
¡DÉJANOS DONDE ESTAMOS!

El hombre más valiente soltó el ñame, y corrió cien metros hacia atrás, y el ejército entero corrió con él.

— ¡Los ñames no deben hablar! —vociferó el rey y golpeó la tierra con su vara—. En este reino los ñames no hablan.

—Pero estos ñames sí hablan —le recordaron el sirviente principal y el joven marido.

— ¡Ja! —dijo el rey—. Manden por Osain de los Tres Pies. El santo de la selva nos puede ayudar con los ñames habladores.

Los soldados del rey se fueron corriendo y encontraron a Osain de los Tres Pies. El santo tenía tres brazos, tres pies, tres ojos, tres orejas, y llegó caminando — *uno-dos-tres, uno-dos-tres.*

"Yams talk," the king told him.

"Yams don't talk," replied Osain of the Three Feet.

"Then you must solve the mystery of these talking yams. What payment do you wish?"

Osain of the Three Feet asked for three silver plates the size of full moons, three shiny new pots, three roosters and three coconuts.

The offering was brought to him and Osain of the Three Feet reached out and touched a yam.

"THIEF! SCOUNDREL!
LEAVE US WHERE WE ARE!"

"Oh-ho," said Osain of the Three Feet as he jumped backwards. "This is a matter for Osain of the Two Feet. He is much older and wiser than I am."

He took the three silver plates, the three shiny new pots, the three roosters and the three coconuts and went away — *one-two-three, one-two-three*.

The king sent for Osain of the Two Feet. He had two arms, two legs, two eyes and two ears and he came walking — *one-two, one-two*.

"Osain of the Two Feet," the king said, "yams talk."

"Yams don't talk," replied Osain of the Two Feet. As payment for resolving the matter, he asked for two silver plates, two shiny new pots, two roosters and two coconuts.

The offering was brought to him and Osain of the Two Feet reached out and touched a yam.

"THIEF! SCOUNDREL!
LEAVE US WHERE WE ARE!"

"Oh-ho," said Osain of the Two Feet, "this is a matter for Osain of the One Foot. He is much, much older than I. He was already very old and very wise before I was born."

Osain of the Two Feet took the two silver plates, the two shiny new pots, the two roosters and the two coconuts and went away.

—Los ñames hablan —le dijo el rey.

—Los ñames no hablan —respondió Osain de los Tres Pies.

—Entonces usted tiene que resolver el misterio de estos ñames habladores. ¿Qué recompensa exige para hacerlo?

Osain de los Tres Pies pidió tres platos de plata del tamaño de una luna llena, tres ollas nuevecitas, tres gallos y tres cocos.

Le trajeron lo pedido y Osain de los Tres Pies extendió la mano y tocó un ñame.

¡LADRÓN! ¡CANALLA!
¡DÉJANOS DONDE ESTAMOS!

— ¡Oh-jo! —dijo Osain de los Tres Pies mientras brincaba hacia atrás—. Éste es un asunto para Osain de los Dos Pies. Es mucho más viejo y más sabio que yo.

Tomó los tres platos de plata, las tres ollas nuevecitas, los tres gallos, y los tres cocos y se fue — *uno-dos-tres, uno-dos-tres.*

El rey mandó llamar a Osain de los Dos Pies. Tenía dos brazos, dos piernas, dos ojos, dos orejas, y llegó caminando — *uno-dos, uno-dos.*

—Osain de los Dos Pies —le dijo el rey—, los ñames hablan.

—Los ñames no hablan —respondió Osain de los Dos Pies.

Como pago por aclarar el asunto exigió dos platos de plata, dos ollas nuevecitas, dos gallos y dos cocos.

Le trajeron lo pedido y Osain de los Dos Pies extendió el brazo y tocó un ñame.

¡LADRÓN! ¡CANALLA!
¡DÉJANOS DONDE ESTAMOS!

— ¡Oh-jo! —dijo Osain de los Dos Pies—. Éste es un asunto para Osain de Un Pie. Es mucho, pero mucho más viejo que yo. Ya era muy viejo y muy sabio antes de que yo naciera.

Osain de los Dos Pies tomó los dos platos, las dos ollas, los dos gallos, los dos cocos y se fue.

The king sent for Osain of the One Foot. He had one arm, one leg, one eye, one ear and he came leaning on a twisted stick — *stump-hop, stump-hop*.

"Osain of the One Foot," the king said, "yams talk."

"Yams don't talk," said Osain of the One Foot and he picked up a yam.

"THIEF! SCOUNDREL!
LEAVE US WHERE WE ARE!"

Osain of the One Foot held up the yam. "Look, King," he said. "There is no mouth on this one. No teeth, no tongue, no tonsils."

He laughed and threw the yam over his shoulder. He picked up another one and the voice roared even louder:

"THIEF! SCOUNDREL!
LEAVE US WHERE WE ARE!"

Osain of the One Foot laughed louder. He picked one yam after another from the pile and the voice grew furious:

"THIEF! SCOUNDREL!
LEAVE US WHERE WE ARE!"

And then it grew desperate:

"THIEF …!
SCOUNDREL …!
LEAVE … US … WHERE … WE … ARE!"

El rey mandó llamar a Osain de Un Pie. Tenía un brazo, una pierna, un ojo y una oreja. Llegó apoyándose en un palo torcido — *pega-brinca, pega-brinca, pega-brinca.*

—Osain de Un Pie—le dijo el rey—, los ñames hablan.

—Los ñames no hablan —dijo Osain de Un Pie y cogió un ñame.

¡LADRÓN! ¡CANALLA!
¡DÉJANOS DONDE ESTAMOS!

Osain de Un Pie mostró el ñame: —Mira, rey —dijo—. Éste no tiene boca, ni dientes, ni lengua, ni amígdalas.

Se rió y tiró el ñame hacia atrás. Cogió otro y la voz salió aun más fuerte:

¡LADRÓN! ¡CANALLA!
¡DÉJANOS DONDE ESTAMOS!

Osain de Un Pie rió aun más fuerte. Cogió otro ñame de la pila y la voz se volvió furiosa:

¡LADRÓN! ¡CANALLA!
¡DÉJANOS DONDE ESTAMOS!

Luego se volvió desesperada:

¡LADRÓN ...!
¡CANALLA ...!
¡DÉJANOS ... DONDE ... ESTAMOS!

Osain of the One Foot was shaking with laughter. He reached the bottom of the pile of yams. There was wily old Jicotea, her eyes shut tight, trembling with anger.

"Jicotea, you rascal!" said Osain of the One Foot. "I should have known it was you!"

Laughing all the while, he banged Jicotea with his twisted stick until she broke into pieces. With his one foot he scattered the pieces in every direction.

Osain of the One Foot took a small sack of yams as payment and went away — *stump-hop, stump-hop.*

The king and his manservants went home, and the whole army marched along behind. And the young husband picked up a yam so that he and his wife could finish cooking their supper.

Late that night the young husband was awakened by a rustling sound outside his house. It was the sound of tricky old Jicotea slowly bringing all her pieces back together again. When she finished the job, she shuffled off toward the forest. There at the edge of the trees Osain of the One Foot sat beside a fire smoking a cigar.

He greeted her cheerfully. "Comay Jicotea," he said, "what an uproar you caused today. Sit down. Let's smoke together and have some conversation."

And Jicotea and Osain of the One Foot spent the whole night joking and talking by the fire. And they told each other many stories. Maybe they even told this one!

Osain de Un Pie se estremecía de risa. Llegó al fondo del montón de ñames. Ahí estaba la muy tramposa Jicotea con los párpados apretados, temblando de ira.

—Pícara Jicotea —dijo Osain de Un Pie—, debería haber adivinado que eras tú.

Entre risotadas Osain de Un Pie golpeó a Jicotea con su bastón torcido hasta hacerla pedazos. Con su único pie esparció los pedazos a todos lados.

Osain de Un Pie aceptó una bolsita de ñames como recompensa y se fue — *pega-brinca, pega-brinca, pega-brinca.*

El rey y sus sirvientes se fueron a casa y el ejército entero los siguió marchando. El joven marido escogió un ñame para que su mujer pudiera seguir preparando la cena.

Muy entrada la noche, al joven marido lo despertó un ruidito sordo fuera de la casa. Era la tramposa de Jicotea que reunía lentamente los pedazos de su cuerpo. Cuando logró componerlo y pegar cada pedazo, fue arrastrándose hacia el bosque. Allí, en la orilla del bosque, estaba Osain de Un Pie fumando un tabaco al calor de la fogata.

Saludó a Jicotea de buena gana: — Comay Jicotea —le dijo—, qué alboroto causaste hoy. Siéntate. Fumemos y conversemos un rato.

Jicotea y Osain de Un Pie se pasaron la noche entera charlando y bromeando junto a la fogata. Se contaron muchos cuentos. A lo mejor hasta contaron esta misma historia que yo acabo de contarte a ti.

THE FIG TREE
LA MATA DE HIGO

THIS IS THE STORY OF A MAN whose wife had died. He had a young son named Manolito and a daughter named Marcelita. Since he had to work hard every day to make a living, the man needed help raising his children. He soon met a woman named Nicolasa who had no husband or children and he asked her to marry him.

Nicolasa agreed to marry the man, and when she moved in with him and his children, all she brought with her was a golden thimble, a spool of golden thread and a pair of golden scissors. The girl Marcelita was enchanted by these shiny objects and

ESTE ERA UN HOMBRE a quien se le había muerto la esposa. Tenía un hijo que se llamaba Manolito y una hija llamada Marcelita. Como el hombre tenía que trabajar mucho todos los días para ganarse la vida, le hacía falta ayuda para criar a los hijos. Pronto conoció a Nicolasa, una mujer que no tenía marido ni hijos y le pidió que se casara con él.

Nicolasa aceptó casarse con el hombre, y cuando se mudó para vivir con él y sus hijos lo único que trajo consigo fue unas tijeritas de oro, un dedal de oro, y un carretel de hilo de oro también. A la niña Marcelita le encantaron esas cosas tan brillantes y

asked if she could hold them in her hand, but Nicolasa said she was forbidden to touch them. She locked them away in a wooden trunk.

The new wife was a very strict and meticulous woman. As soon as she moved into the house, she decided exactly where everything belonged, down to the last spare button. She couldn't stand to have anything left out or put away in the wrong place.

After she had arranged the house to her liking, Nicolasa planted a fig tree in the courtyard. She cared for the fig tree as if it were a child. She talked to it and caressed it, and each day she washed the dust from its leaves.

The next year twenty-one figs appeared on the tree and Nicolasa counted them five times a day to make sure not a single one had been picked. Whenever she left the house to go to church, she would say to Marcelita, "Watch the fig tree carefully while I'm gone. There had better not be any figs missing when I return."

One day when Nicolasa was at the church, a little blue bird with golden wings flew into the courtyard and ate one fruit from the tree. When Nicolasa returned home and counted the figs, there were only twenty. She was furious, but she didn't say anything. She went into her room and from the locked trunk she took out the golden thimble, a spool of golden thread and the pair of golden scissors. She dug a big hole in the ground and in it she placed the beautiful golden objects.

Nicolasa called Marcelita and showed her the treasures at the bottom of the hole. "Jump in and get them," she told the girl. "You may have them if you can retrieve them from the hole." As soon as Marcelita jumped into the hole, Nicolasa covered it with a heavy stone and went away. But one hair from the girl's head remained outside the hole, and by the next morning the hair had turned into a rose bush. On the bush was the most beautiful red rose the world had ever seen.

The girl's little brother, Manolito, was playing outside the house and the lovely rose caught his eye. He ran over and tried to pick it, but when he tugged at the rose, he heard a voice sing:

Little brother, little brother, please don't pull my hair.
Nicolasa buried me for one fig missing from the tree.

pidió permiso para tenerlas en la mano, pero Nicolasa le prohibió tocarlas y las encerró con candado en un baúl de madera.

La nueva esposa era muy rígida y meticulosa. Tan pronto se instaló en la casa determinó el lugar preciso para todo, hasta el último botón de repuesto. No toleraba que nada quedara fuera de su lugar ni puesto en un lugar equivocado.

Después de arreglar la casa a su gusto, Nicolasa plantó una mata de higo en el patio. Se ocupó del árbol como si fuera un niño. Le hablaba, lo acariciaba y todos los días le lavaba las hojas para quitarles el polvo.

Al año siguiente veintiún higos aparecieron en la mata, y Nicolasa los contaba cinco veces al día para asegurarse de que ninguno faltaba. Siempre que se iba de la casa para asistir a misa, le decía a Marcelita:

—Cuida la mata de higos mientras no estoy y procura que no falte ninguno cuando regrese.

Un día, cuando Nicolasa estaba en la iglesia, un pajarito color azul con alas doradas entró volando al patio y se comió un higo de la mata. Cuando Nicolasa llegó a la casa y contó los higos, no había más que veinte. La mujer se puso furiosa, pero no dijo nada. Entró en su cuarto y sacó del baúl las tijeras de oro, el dedal de oro y el carretel de hilo de oro. Cavó un pozo hondo en la tierra y puso las tres cosas preciosas en él. Después, Nicolasa llamó a Marcelita y le mostró los tesoros en el fondo del hueco.

—Baja y recoge esas cosas —le dijo a la niña—. Si las puedes recuperar del pozo, son tuyas.

En cuanto Marcelita se metió en el hoyo, Nicolasa lo tapó con una piedra pesada y se fue. Pero un pelo de la muchacha permaneció afuera, y a la mañana siguiente se había convertido en un rosal hermoso. Ese rosal lucía la rosa más bella que se haya visto en el mundo.

Manolito, el hermanito de la muchacha, estaba jugando afuera y la hermosa rosa le llamó la atención al niño. Corrió a la mata para arrancar la rosa, pero cuando tiró de la flor, oyó cantar una voz:

Hermanito, hermanito, no me arranques el pelito.
Nicolasa me ha enterrado por un higo que ha faltado.

The little boy was frightened. He ran and found his father, who was working in the field. "Come, Papá," he said. "There's a singing rose bush behind our house. It sounds like my sister, Marcelita."

The father was puzzled and went with his son to the rose bush. When he tried to pick the rose, he heard the song:

Dearest Father, dearest Father, please don't pull my hair.
Nicolasa buried me for one fig missing from the tree.

The father ran into the house and found his wife. "Come here at once," he told her. He led her to the bush. "Pick that rose," he ordered. When Nicolasa tried to pick the rose, the bush sang:

Nicolasa, Nicolasa, please don't pull my hair.
You have buried me for one fig missing from the tree.

Nicolasa was terrified. Her heart flooded with guilt and remorse. "Move the stone aside!" she said to her husband. The man lifted the rock and freed his daughter.

Nicolasa fell to her knees and begged Marcelita to forgive her. The kind-hearted girl said she would. Nicolasa ran to the fig tree and picked all the fruit. She brought it in a basket to Marcelita. The girl shared the figs with her father and brother—and with Nicolasa too. They all ate the fruit together, and in that way, the four of them began to be a family.

And what became of the golden thimble, the golden thread and the golden scissors?

Marcelita had put them in her apron pocket, and even though Nicolasa never asked her to return them, that night she placed them back in the locked trunk. But the next day, Marcelita found them again in her pocket. The same thing happened for twenty days in a row. But on the twenty-first day, when Marcelita reached into her apron pocket, she didn't find the thimble and thread and scissors. She felt soft, warm feathers. She pulled out her hand, and in it was a little bird, a little blue bird with golden wings. She opened her hand and the bird flew away over the rooftops. It was some kind of magic, I suppose.

El niño se espantó. Corrió a buscar al padre. —Ven, papá —le dijo—. Hay un rosal que canta detrás de la casa. Suena como mi hermana Marcelita.

El padre se asombró y fue con su hijo al rosal. Trató de quitar la rosa y oyó cantar a la voz:

Papacito, papacito, no me arranques el pelito,
Nicolasa me ha enterrado por un higo que ha faltado.

El padre corrió a la casa y encontró a su mujer. —Ven conmigo —le dijo y la llevó al rosal.

—Coge esa rosa —le ordenó! Cuando Nicolasa haló la rosa, la mata cantó:

Nicolasa, Nicolasa, no me arranques el pelito,
Me has enterrado por un higo que ha faltado.

Nicolasa se quedó pasmada. Su corazón se llenó de vergüenza y remordimiento.

—Aparta la piedra —le pidió al marido. El hombre quitó la piedra y liberó a su hija.

Nicolasa cayó de rodillas y pidió perdón a Marcelita. La muchacha bondadosa le dijo que sí, que la perdonaba. Nicolasa corrió a la mata de higos y recogió toda la fruta. La trajo en una cesta y se la dio a Marcelita. La muchacha compartió la fruta con su padre, con su hermanito, y con Nicolasa también. Los cuatro comieron juntos las frutas, y de esa manera empezaron a convertirse en una familia.

Y ¿qué fue del dedal de oro, el carretel de hilo de oro y las tijeras de oro?

Marcelita los había puesto en el bolsillo de su delantal, y aunque Nicolasa no se los pidió, aquella noche los devolvió al baúl con candado. Pero al otro día los encontró de nuevo en el bolsillo de su delantal. Lo mismo sucedió durante veinte días seguidos. Pero al llegar el vigésimoprimer día, cuando Marcelita metió la mano en el bolsillo de su delantal, no tocó el dedal ni el carretel ni las tijeras, sino plumas suaves y cálidas. Sacó la mano y en ella estaba un pajarito, un pajarito color azul con alas doradas. Marcelita abrió la mano y el pajarito se fue volando por encima de los techos de las casas. Cosa de magia, supongo.

THE GIFT
EL REGALO

THIS IS A SPECIAL KIND OF STORY called a *patakí*. *Patakís* are myths and teaching tales about the *Orishas*, the holy ones of *Santería*, which is the Afro-Cuban religion. It is said that each *Orisha* has a special gift or power over some part of nature or some necessary human activity. This power, which is called *aché*, was granted long ago by Olofi, the ruler of the earth and the sky. When people are in need, they call upon the *Orisha* whose *aché* can help them. This story explains how the *Orisha* named Obbara won his *aché*.

Of all the Holy Ones, Obbara was the poorest. The other *Orishas* lived in splendid houses and had servants to help them with all their labors. They traveled about on fine horses.

ESTA HISTORIA ES UN PATAKÍ. Los patakís son mitos y cuentos de enseñanza que se tratan de los Orishas, las deidades de la Santería, que es una de las religiones afrocubanas. Se cuenta que cada Orisha rige sobre alguna parte de la naturaleza o alguna actividad humana. Este poder, que se llama aché, fue otorgado en tiempos remotos por Olofi, el que reina sobre la tierra y el cielo. Cuando la gente se ve en necesidad, suplica al Orisha cuyo aché puede ayudarla. Esta historia explica cómo el Orisha que se llama Obbara ganó su aché.

Entre todos los Santos, Obbara era el más pobre. Los demás vivían en casas espléndidas, con sirvientes que los ayudaban en cualquier trabajo. Viajaban montados en caballos finos.

Obbara lived in a palm-roofed hut and worked his little piece of land. He had to travel on foot or ride his little gray donkey. Because he was poor and dressed in rags, none of the other *Orishas* had any respect for Obbara. They talked behind his back. "Obbara is a liar and a rascal," they said. "Don't believe anything he says."

It happened once that Olofi, the Highest of the High, invited all the *Orishas* to a meeting at his home, saying he had a gift he wanted to give to them. One by one they arrived on their beautiful horses, all of them dressed in the elegant clothes they thought fitting for meeting such an exalted person.

"Is everyone present?" asked Olofi.

The others looked about and someone said, "No. Obbara hasn't arrived yet."

They all shook their heads. "He's late as usual," they said. "He can't be relied on for anything."

Finally Obbara arrived, mounted on his donkey and dressed in his ragged work clothes. Olofi served a delicious meal to all the *Orishas* and then when it was time to leave, he announced that he had a gift for each of them. He led them into a room. The floor was covered with pumpkins and Olofi invited each *Orisha* to choose the pumpkin they liked most.

The *Orishas* exchanged disappointed glances and began choosing their pumpkins. Obbara chose last. The others had left the very smallest pumpkin for him. The *Orishas* left Olofi's house and as they traveled down the road they said among themselves, "What sort of gift has Olofi given us? Worthless pumpkins! He invited us to his house for this!" And one by one they began throwing their pumpkins into the ditch at the side of the road.

Obbara tagged along behind the others on his little burro. When he saw the pumpkins they had thrown away, the humble farmer said to himself, "Here's good food for my wife and me to eat," and he gathered up the pumpkins and loaded them onto his donkey.

When he arrived home Obbara handed his little pumpkin to his wife and told her to cook it for their supper while he went off to do some work in the field. His wife

Obbara vivía en un bohío y cultivaba la tierra. Tenía que viajar a pie o montado en su burrito gris. Como Obbara era pobre y usaba ropa harapienta, ningún otro Orisha lo respetaba. Decían a sus espaldas: —Obbara es mentiroso y canalla. No crea nada de lo que dice.

Sucedió una vez que Olofi, el Altísimo, convocó a todos los Orishas para que se reunieran en su casa, diciendo que tenía algo que les quería dar. Uno por uno los Orishas llegaron sobre sus hermosos caballos, todos luciendo el vestuario elegante que creían conveniente para estar en presencia de una persona tan enaltecida.

—¿Se encuentran todos? —preguntó Olofi.

Los otros miraron alrededor y alguien dijo: —No. Falta Obbara.

Todos movieron la cabeza, diciendo: —Llega tarde, como siempre. No se puede confiar en él para nada.

Al fin Obbara llegó, montado en su burro y vestido con ropa gastada de campesino. Olofi les sirvió una comida opípara a todos los Orishas, y cuando llegó el momento de marcharse, dijo que tenía un regalo para cada uno. Los condujo a una sala cuyo piso estaba cubierto de calabazas e invitó a cada uno a escoger la calabaza que más le gustaba.

Los Orishas intercambiaron miradas disgustadas y se pusieron a escoger calabazas. Obbara fue el último en escoger. Le habían dejado la más pequeña. Los Orishas abandonaron la casa de Olofi y en el camino comentaban entre sí:

—¿Qué tipo de regalo es éste que nos ha dado Olofi? ¡Calabazas corrientes! ¿Para eso nos invitó a su casa? —Y uno por uno botaron las calabazas en la zanja que había a un lado del camino.

Obbara venía tras los otros en su burrito. Cuando vio las calabazas que ellos habían desechado, el agricultor humilde se dijo:

—Qué buena comida para mi mujer y para mí.

Recogió las calabazas y las cargó en su burro.

Cuando llegó a la casa, Obbara le dio la pequeña calabaza a su mujer y le dijo que la preparara para la cena, mientras él trabajaba un poco más en el campo. Su esposa

sharpened a knife and then cut the pumpkin in half. It was full of gold coins! She was frightened and closed the pumpkin again. When Obbara came home from the field, she showed the gold to him.

Obbara hid the gold carefully, waiting to discover the wisest way to use it. He soon saw a fitting way to spend some of the gold.

Just one week later Olofi called the *Orishas* to another meeting at his house. He told them to bring along the gift he offered on their last visit. The *Orishas* arrived, and once again Olofi asked if everyone was present.

"Obbara is late again," they all said. They looked down the road, expecting to see Obarra come jogging along on his gray donkey. What they saw was a man dressed in a resplendent suit of pure white, mounted on a prancing black steed. It was Obbara.

Olofi asked the *Orishas*, "Did you bring the gift I gave you on your last visit?"

They all hung their heads. Some coughed. Others cleared their throats. Some shuffled their feet. Finally they had to admit they no longer had it.

"I dropped it on the way home," one said.

"It was too heavy," said another. "My arms couldn't hold it any longer."

"It was soiling my clothes," said a third.

Then Olofi asked Obbara, "And you?"

Obbara stepped forward and handed his little pumpkin to Olofi. He told how he had gathered up the pumpkins the others had thrown away, and how his wife had found gold inside his own small pumpkin.

"Obbara," said Olofi, "you alone knew how to appreciate a gift. And you found the treasure that was concealed in what seemed to have no value. You will have the power to show the world the truth hidden in every word that is spoken and the richness in everything life offers."

That is the *aché*, the special power, which belongs to Obbara and which he can share with us. Other *Orishas* have a different *aché*. One may have power over money, another over love or healing medicine. They can help us in those matters. But many say that Obbara's ability to reveal the true value of whatever gifts we receive in life is the most important *aché* of all.

THE GIFT • EL REGALO

afiló un cuchillo y partió la calabaza en dos. ¡Estaba llena de monedas de oro! Ella se espantó y volvió a cerrar la calabaza. Cuando Obbara regresó del campo le enseñó el oro.

Obbara escondió la calabaza llena de oro con cuidado, esperando descubrir la manera más sensata de utilizar el regalo. Pronto vio cómo usar una parte del tesoro.

Una semana más tarde Olofi volvió a convocar a los Orishas a su casa. Les dijo que trajeran el regalo que les había ofrecido en la ocasión anterior. Otra vez todos los Orishas llegaron, y Olofi preguntó si todos estaban.

—Obbara llegará atrasado otra vez —dijeron todos.

Miraron por el camino, esperando ver a Obbara balanceándose sobre su burrito gris. Lo que vieron fue un hombre con un vestuario blanco resplandeciente, montado sobre un brioso caballo negro. Era Obbara.

Olofi les preguntó a los Orishas: —¿Trajeron el regalo que les di en la otra ocasión?

Todos agacharon la cabeza. Algunos tosieron. Otros se aclararon la garganta. Algunos movieron los pies incómodos. Al fin se vieron obligados a confesar que no lo tenían.

—La perdí sin querer en el camino —dijo uno.

—Era muy pesada —dijo otro—. Se me cansaron los brazos y no podía más con ella.

—Me ensuciaba la ropa —dijo un tercero.

Luego Olofi le preguntó a Obbara: —¿Y tú?

Obbara se acercó y le dio su calabacita a Olofi. Le contó cómo había recogido las calabazas que los otros desecharon, y cómo su esposa había encontrado oro dentro de la pequeña calabaza de él.

—Obbara —dijo Olofi—, entre todos, únicamente tú supiste cómo apreciar un regalo. Y encontraste el tesoro escondido en lo que parecía sin valor. Te doy el aché de mostrar al mundo la verdad envuelta en cualquier palabra que se dice y la riqueza en todo lo que la vida aporte.

Ése es el aché que le corresponde a Obbara, y con el que nos puede ayudar mucho. Otros Orishas tienen dominio sobre el dinero o el amor o la curación de enfermedades, y nos ayudan en esos asuntos. Pero muchas personas afirman que el don que tiene Obbara de revelarnos el verdadero valor de los regalos que nos concede la vida es el más valioso de todos.

DANCE, NANA, DANCE
BAILA, NANA, BAILA

LONG, LONG AGO, people had no fire. They had to eat their food raw. There was no source of light except the sun during the day and the moon on the nights when she happened to be shining. Life wasn't very pleasant, but it seemed as though no one wanted to do anything about it.

In those long-ago times, a woman gave birth to twin boys. They were clever and curious boys, and they could sing and dance and they could play their drums as if they had magic in their hands. One day, after the boys had spent the whole morning drumming, their mother served them a meal of raw sweet potatoes. The boys asked their mother, "Why do we have to eat raw food all the time?"

EN LOS TIEMPOS MUY, MUY ANTIGUOS, la gente no disponía del fuego. Tenían que comer la comida sin cocinar. No había nada que diera luz, más que el sol de día y la luna, en las noches que le tocaba brillar. La vida no era muy agradable, pero parece que nadie quería hacer nada para remediar la situación.

En aquellos tiempos tan remotos una mujer dio a luz a hijos gemelos. Estos jimaguas eran listos y curiosos. Cantaban, bailaban y tocaban sus tambores como si tuvieran manos mágicas. Un día, después de que los muchachos habían pasado toda la mañana tocando sus tambores, la madre les sirvió una ración de boniatos crudos. Los muchachos le preguntaron a su madre:

—¿Por qué siempre tenemos que comer la comida sin cocinar?

Their mother explained, "We have no fire to cook it with."

"Isn't there any fire anywhere in the world?" they asked.

"Yes, there is fire," their mother told them. "The fire is owned by a sorceress who lives where the four roads meet. If anyone tries to take some, she turns them into stone."

"We'll go and get some of her fire," the twins declared, and even though their mother begged them not to, they picked up their little drums and set out.

For many, many days the twins traveled. Finally they saw an old woman hunched beside a fire in the middle of a crossroads. The skin of her arms and shoulders looked like it was painted onto the bones and her head was nearly bald above her withered face. One of the twins waited in the bushes beside the road and the other approached the old woman, playing a soft rhythm on his drum as he walked.

"*Abuelita*," said the boy, "give me a little of your fire."

The old sorceress' wrinkled eyelids opened wider and she turned to look at him. For a long time her clouded eyes gazed at the boy, slowly looking him up and down, and then she said, "What will you give me for my fire?"

"I can give you music," the boy answered, and he beat his drum faster. "I can sing and play my drum for you."

"Play your drum for me, boy," the sorceress said. "Sing. Make me dance. If you can play and sing until I'm too tired to dance any more, I'll give you some of my fire. But if you grow tired before I do, I'll use my fire to roast you for my supper."

The boy smiled broadly. "That's a good arrangement," he said, and began to play his drum and sing:

Piti piti piti,

Dance, nana, dance.

The old woman sprang to her feet and started to dance. She whirled around the fire, shaking her shoulders and hips. She leaped over the fire and slapped the soles of her feet with her hands.

DANCE, NANA, DANCE • BAILA, NANA, BAILA

36

Ella les explicó: —No tenemos candela con que cocinar.

—¿No hay candela en todo el mundo? —preguntaron.

—Sí, hay —les dijo la madre—. La tiene una hechicera que vive donde se cruzan cuatro caminos, pero a los que tratan de robársela, los convierte en piedra.

—Iremos allá y se la quitaremos —aseguraron los jimaguas, y aunque la madre les rogó que no lo hicieran, cogieron sus tambores y se fueron.

Los jimaguas pasaron muchos días caminando. Al fin vieron a una viejita acurrucada junto a una fogata en medio de una encrucijada. La piel de sus brazos y hombros parecía pintada sobre los huesos, tenía la cabeza casi calva y la cara arrugada. Uno de los gemelos permaneció entre las matas mientras el otro se le acercó a la viejita. Hacía un ritmo suave con su tambor mientras caminaba.

—Abuelita —dijo el muchacho—, deme un poco de lumbre.

Los párpados arrugados de la anciana se abrieron un poco más y volvió su vista hacia él. Durante un gran rato mantuvo la vista nublada en el muchacho, mirándolo lentamente de arriba a abajo. Luego dijo: —¿Qué me vas a dar a cambio de la lumbre?

—Le doy música —respondió el muchacho y aceleró el ritmo que tocaba—. Canto y toco mi tambor.

—Toca el tambor, moquenquen —dijo la hechicera—. Canta. Hazme bailar. Si puedes tocar y cantar hasta que me canse y no pueda bailar más, te doy un poco de lumbre. Pero si tú te cansas primero, utilizo la lumbre para asarte y serás mi cena.

El muchacho sonrió ampliamente: —Trato hecho —le dijo, y comenzó a tocar el tambor y a cantar:

Piti piti piti,

Baila, nana, baila.

La vieja se paró de un salto y comenzó a bailar. Giró alrededor de la lumbre, moviendo los hombros y las caderas. Brincó sobre la fogata, dándose palmadas en la planta de los pies.

After an hour of singing, the boy's voice was beginning to grow hoarse. But the old woman was dancing as lively as ever. "Sing louder!" the sorceress cried. "I can hardly hear you!"

"Let me drink a little water, grandmother," the boy said, still playing his drum. "My throat is getting dry."

"Hurry! Hurry!" she shouted. "I like this music."

The boy ran to the bushes. His twin brother was hiding there, and it was the other twin who ran back and played the drum and sang the song:

Piti piti piti,

Dance, nana, dance.

"That's good!" the old woman said as she jumped into the air and spun around. "You sound even better than before!"

After another hour of singing, the sorceress showed no sign of getting tired, but the boy's voice was getting hoarse. "Grandmother," he called out. "Let me drink some water so that I can sing better for you."

"Hurry! Hurry! I like this music."

The boy ran to the bushes, and his twin brother ran back to take his place and keep singing:

Piti piti piti,

Dance, nana, dance.

Over and over the brothers traded places, one singing and playing while the other rested. All through the day and the night they kept up the music and the sorceress kept on dancing.

As the evening of the second day approached, the old woman began to grow a little short of breath, but she continued to cry out, "Sing! Sing! Play that music!"

On the morning of the third day, the old woman began to stumble and sway as she danced. And finally, just as the sun was setting on the third day, she fell to the ground exhausted, with a wide smile on her withered face.

DANCE, NANA, DANCE • BAILA, NANA, BAILA

Al cabo de una hora de cantar, la voz del muchacho se puso ronca, pero la hechicera bailaba tan alegre como siempre.

—Canta más alto —gritó la hechicera—. Apenas te oigo.

—Déjeme tomar un poquito de agua, abuelita —dijo el muchacho, mientras seguía tocando el tambor—. La garganta se me está secando.

—¡Corre! ¡Corre! —gritó—. Que me gusta esta música.

El muchacho corrió al matorral. Su hermano gemelo estaba escondido ahí, y fue él quien regresó corriendo para tocar el tambor y cantar la canción:

Piti piti piti,

Baila, nana, baila.

—¡Está bueno! —dijo la vieja, y dio una vuelta en el aire—. Hasta suena mejor que antes.

Después de otra hora de canto, la hechicera bailaba tan animada como siempre, pero al muchacho la voz se le ponía ronca.

—Abuelita —llamó—. Déjeme tomar agua, para que le pueda cantar mejor.

—¡Corre! ¡Corre! Que me gusta esta música.

El muchacho corrió al matorral y su hermano regresó en su lugar para seguir cantando:

Piti piti piti,

Baila, nana, baila.

Repetidas veces los hermanos se turnaron, el uno tocando y cantando mientras el otro descansaba. Durante todo el día y toda la noche siguieron con la música y la hechicera siguió bailando.

Al atardecer del segundo día a la vieja se le dificultaba el aliento, pero seguía gritando: —¡Canta! ¡Canta! Toca esa música.

A la mañana del tercer día la vieja empezó a tropezar y bambolearse mientras bailaba. Al fin, justo a la puesta del sol del tercer día, cayó rendida al suelo. Una sonrisa grande se dibujaba en su cara arrugada.

DANCE, NANA, DANCE • BAILA, NANA, BAILA

The boys scooped up fire in a clay pot and ran until they came to their mother's house.

The people piled wood in the center of the village and set it ablaze. They danced around and around the fire while the twins played their drums and sang:

Piti piti piti,

Dance, nana, dance.

Ever since then, the people have had fire to cook their food and to give them light. And of course, ever since then, whenever they build a big fire, the people like to play music and sing and dance until they can't dance any longer.

Los muchachos tomaron candela en una olla de barro y emprendieron el regreso a la casa de su madre. Cuando llegaron, la gente amontonó leña en el centro del pueblo y le prendió fuego. Todos dieron vueltas y vueltas bailando alrededor de la hoguera y los jimaguas tocaron sus tambores y cantaron:

Piti piti piti,

Baila, nana, baila.

Desde de ese día en adelante la gente ha tenido candela para cocinar la comida e iluminarse. Y por supuesto, desde entonces, siempre que la gente se reúne y hace una hoguera grande, le gusta tocar música, cantar y bailar hasta más no poder.

THE LAZY OLD CROWS
LOS VIEJOS CUERVOS PEREZOSOS

ON THE BRANCH OF A DEAD TREE, behind the palm-thatched house of an old *guajiro* named Estanislao, two crows sat complaining about how hard life had become for them. Unlike Estanislao, whose children and grandchildren looked after him, the crows received help from no one. Each year their young ones had simply grown up and flown away, never to be seen again.

They noticed that Estanislao had left a piece of bright metal, maybe a spoon, outside his door. For an instant they thought they might fly down and steal it, but that would be too much trouble. They didn't even feel like annoying the old *guajiro* with an endless racket of *caw caw*. Everything seemed like too much effort.

EN LA RAMA DE UN ÁRBOL SECO, detrás del bohío de un viejo guajiro llamado Estanislao, dos cuervos estaban quejándose de lo dura que se les había vuelto la vida. A diferencia de Estanislao, cuyos hijos y nietos se ocupaban de cuidarlo, los cuervos no tenían quien los ayudara. Cada año sus hijos habían crecido y se habían ido volando, para no volver nunca.

Los cuervos vieron que Estanislao había dejado un objeto metálico brillante, quizás una cuchara, fuera de la puerta. Por un momentico pensaron bajar volando para robársela, pero no valía la pena. Ni siquiera sentían ganas de molestar al viejo guajiro con su constante ruido de *cao, cao*. Todo les parecía una gran molestia.

Most of all, they were weary of the constant struggle of searching for food. They were just about to give up. Even hanging onto the branch as the wind shook it from side to side was a struggle.

As the pair sat complaining on their branch, the papa crow noticed that in a nearby tree the wind was shaking a nest that had just been built by a young pair of newlywed crows. Papa Crow shook his head and croaked, "These youngsters nowadays! They don't know anything."

"If they did," replied the mama crow, "they wouldn't have built their nest in such an unsteady place. The wind's going to shake the eggs right out of it."

"They don't know how to raise their babies properly anyway," said Papa Crow. "They probably don't know a baby crow from a baby crocodile."

The papa crow's last remark gave the old mama crow an idea. When the next hard gust of wind sent the eggs tumbling from the nest to the ground, she said to her old husband, "Follow me," and they both flew over and settled into the young crows' nest.

"Those young crows have never had children before," she told the old man. "Pluck out all my feathers and I'll pluck yours. We'll pretend we're their babies and make them bring us food."

They plucked and plucked at each other until they were both as bare as a pair of newly hatched chicks, and then they waited for the inexperienced parents to return. When the young parents arrived, the old ones opened their mouths wide like little baby crows, squeaking and begging for food.

"Look," the young crow mother said to her mate. "Our eggs have hatched and our babies are hungry." The young crows flew off and brought back worms and bugs and little chunks of meat. The old crows swallowed them all, and then opened their mouths again and begged for more. Off flew the parents to bring more food.

The plan worked wonderfully. The old crows spent many lazy days in the nest, while the young ones worked ceaselessly to keep them fed. After two weeks, the old crows started to sprout new feathers, but they plucked each other again and went on begging like little babies.

Sobre todo los agobiaba la lucha constante de buscar la comida. Casi querían dejarse llevar por la mala suerte. El pequeño esfuerzo de mantenerse aferrados a la rama que el viento sacudía de un lado para el otro les parecía demasiado.

La pareja estaba ahí quejándose de esa manera cuando el papá cuervo vio que en un árbol cercano el viento sacudía el nido que había construido una pareja de jóvenes cuervos recién casados. El papá cuervo movió la cabeza y graznó: —Estos jóvenes de hoy no saben nada.

—De no ser tan ignorantes —dijo la mamá cuervo—, no hubieran hecho su nido en un lugar tan inseguro. El viento va a tirar los huevos al suelo.

—De todo modos —dijo el papá cuervo —, no saben cómo criar a los bebés. A que no pueden distinguir entre un pollito y un cocodrilito.

El último comentario del papá cuervo le dio un idea a la vieja mamá cuervo, y cuando una nueva ráfaga de viento voló los huevos del nido y los estrelló contra la tierra le dijo a su marido: —Sígueme.

Los dos se fueron volando al árbol y se acomodaron en el nido de la pareja joven.

—Los cuervos jóvenes nunca han tenido hijos —dijo la vieja—. Sácame las plumas, y yo te desplumo a ti. Nos hacemos pasar por pollitos y hacemos que los jóvenes nos traigan comida.

Se arrancaron plumas, el uno al otro, hasta que quedaron tan pelados como dos pollitos recién salidos del huevo. Luego aguardaron la llegada de los padres novatos. Cuando los jóvenes cuervos llegaron, los viejos abrieron los picos como bebés, chillando y suplicando comida.

—Mira —la joven mamá cuervo le dijo a su marido—. Los huevos ya rompieron y nuestros bebés tienen hambre.

Los jóvenes se fueron volando y trajeron gusanos e insectos y pedacitos de carne. Los cuervos viejos se lo tragaron todo. Luego abrieron los picos de nuevo y pidieron más. Los padres se fueron a buscar más comida.

El engaño funcionó de maravilla. Los viejos cuervos pasaron muchos días ociosos en el nido, mientras los jóvenes se esforzaban sin cesar para darles de comer. Al cabo de dos semanas, a los viejos cuervos les empezaron a brotar cañones nuevos, pero volvieron a desplumarse y siguieron las súplicas de siempre.

At the end of a month, the young parents were exhausted and began to grow impatient. "Where are your feathers?" they asked. "Look, all the neighbors' children have already left the nest. When are you going to learn to fly?" But the old crows just opened their mouths wider and begged even more helplessly.

"We've run out of places to look for food," the young crows said.

"Go to the pen where Estanislao keeps his hog," the papa crow advised. "The pig broke out of the pen last night, but the old man hasn't noticed. He threw some good scraps of food in there this morning."

The young crows did as he advised and found a good supply of table scraps. The young parents were impressed. "Our children are awfully slow to grow feathers and learn to fly, but they sure are smart."

But soon the young crows grew impatient once again. They told their babies desperately, "You have to learn to fly. We've used up all the food for many miles around."

"Look under the rotten log beside the river," the old woman crow chirped.

"Right next to the three crooked palm trees," squeaked the old man.

The young parents looked there and found a good supply of grubs and worms. They were amazed at how wise their babies were, but still puzzled that they didn't have feathers.

It looked as though the old crows were going to make it the whole way through the summer without having to do a thing for themselves. It was the best summer they'd had in all the many years of their lives.

But one day when the young crows had traveled far away in search of food the *guajiro* Estanislao came riding past the tree on his bony old horse. He held the nub of a cigar between his teeth, and just as he passed the tree he took a last puff and flipped the cigar into the brush at the bottom of the tree.

Pero al final de un mes los padres jóvenes estaban agotados y empezaron a impacientarse. Les preguntaron a sus bebés: —¿Dónde están sus plumas? Miren cómo los niños de los vecinos ya han volado del nido. ¿Cuándo van a aprender a volar ustedes?

Pero los cuervos viejos sólo abrieron más grande los picos y rogaron más desvalidamente.

—Ya no tenemos dónde buscar comida —dijeron los padres jóvenes.

—Vayan al corral de puercos de Estanislao —les aconsejó el viejo papá cuervo—. El cerdo se fue del corral anoche, pero el hombre no se dio cuenta. Echó unas buenas sobras allí esta mañana.

Los padres siguieron el consejo y encontraron una buena cantidad de sobras de comida. La pareja quedó impresionada. Dijeron: —Nuestros hijos son muy lentos para emplumarse y aprender a volar, pero sí que son inteligentes.

Pero pronto los padres volvieron a enojarse y les dijeron a sus hijos: —Tienen que aprender a volar. Hemos consumido todo el alimento que había en muchas millas a la redonda.

—Busquen debajo del tronco podrido junto al río —chilló la cuerva vieja.

—Justo al lado de las tres palmas torcidas —agregó el viejo.

Los padres jóvenes buscaron allí y encontraron una buena cantidad de gusanos e insectos. Se admiraron de ver lo sabios que eran sus bebés, pero continuaron consternados por su falta de plumas.

Parecía que los viejos cuervos iban a pasar el verano entero sin tener que hacer nada para mantenerse. Era el mejor verano que habían tenido en los muchos años de sus vidas.

Pero un día que los cuervos jóvenes habían ido lejos en busca de comida, el guajiro Estanislao pasó cabalgando en su yegua huesuda. Tenía el cabo de un tabaco entre los dientes, y cuando pasó por el árbol tomó una última chupada y tiró el tabaco entre la maleza al pie del tronco.

The old crows smelled smoke. They looked down and saw the brush beginning to smolder. And then they saw flames licking up the tree. They cried out for their mother and father, but the young parents were still far away. The old crows flapped their featherless wings and hopped about squawking. Finally, in desperation, they jumped from the nest. They hit the ground with a terrible bump and then ran away as fast as they could.

When the young crows returned, they found nothing but a charred stump where the tree that held their nest had once stood. They couldn't find a trace of their babies. They were heartbroken, but there was nothing for them to do but build another nest and lay two new eggs to hatch.

From the dead tree behind Estanislao's house, the old crows watched the young parents. They noticed that the young couple chose a much safer place to build the nest this time. And they laughed at how amazed the young couple was to see their new babies grow so quickly and begin to sprout feathers.

The old crows had grown new feathers of their own too, and after all those weeks of resting and eating well, they felt much stronger and happier. They spent their days stealing threads and coins and annoying the old *guajiro* with their ceaseless *caw caw*. And sometimes they even stole some food from him and carried it to their "baby brother and sister" in the new nest.

Guajiro: A humble person living in the country.

THE LAZY OLD CROWS • LOS VIEJOS CUERVOS PEREZOSOS

Los cuervos viejos olfatearon humo. Miraron hacia abajo y vieron que la maleza empezaba a arder lentamente. Luego vieron las llamas que empezaron a lamer el tronco del árbol. Gritaron por su padre y madre, pero los jóvenes se encontraban lejos. Los cuervos viejos batieron las alas desplumadas, graznando y dando brincos. Al fin, saltaron desesperados del nido. Dieron contra la tierra con un golpe tremendo y se fueron corriendo a toda velocidad.

Cuando los cuervos jóvenes regresaron, no encontaron más que un tronco chamuscado en el lugar donde antes estaba el árbol que sostenía el nido. Ni rastro de sus bebés. Quedaron destrozados, pero no había más remedio que construir otro nido y poner otros dos huevos.

Desde el árbol muerto detrás del bohío de Estanislao, los cuervos viejos observaron a la joven pareja. Vieron que esta vez los jóvenes escogieron un lugar más seguro donde poner el nido. Se rieron de lo atónitos que quedaron los jóvenes al ver lo rápido que sus nuevos pollitos crecieron y empezaron a emplumar.

A los cuervos viejos también les habían salido plumas nuevas, y después de tantas semanas de descansar y comer bien, se sentían mucho más fuertes y contentos. Se pasaban los días robándole hilos y monedas al viejo guajiro y volviéndolo loco con un constante *¡cao, cao!* A veces, hasta le robaban comida y se la llevaban a sus "hermanitos" en el nuevo nido.

PEDRO MALITO
PEDRO MALITO

PEDRO MALITO WAS A FAMOUS RASCAL. He had never done a day's work in his life. Pedro Malito could beg, he could borrow, he could trick and cheat—he could even steal. But work? Don't even think of it! He was known all over the Island as someone to watch out for. It seemed like nothing could make Pedro Malito change his roguish ways.

But something did make him change. Pedro Malito fell in love. It happened at the wedding of his cousin Eugenio. All the friends and relatives from far and near came to the wedding. The pile of wedding gifts was higher than the groom's head.

PEDRO MALITO ERA UN PÍCARO FAMOSO. En toda su vida no había trabajado ni un solo día. Pedro Malito era capaz de mendigar, de pedir prestado, de engañar y estafar y hasta de robar. Pero, ¿trabajar? ¡Ni pensarlo! Era conocido en toda la Isla como una persona de quien había que cuidarse. Parecía que nada podía reformarlo.

Pero hubo algo que lo hizo cambiar. Pedro Malito se enamoró. Sucedió en la boda de su primo Eugenio. Todos los amigos y familiares de todas partes vinieron a la boda. El montón de regalos de boda era más alto que el propio novio. Nada como ver

There was nothing like the sight of someone getting something for free to touch Pedro's heart and set his mind in motion.

The dancing and singing lasted all through the night, and when Pedro was dancing with the bride's cousin Isabel, he decided he was in love. Before the party was over, he had asked her to marry him. Pedro was shiftless and lazy, but he wasn't bad looking. And like many fast-talking men, he was a very good dancer. Isabel said she'd think about it.

When Pedro asked Isabel for her decision, she told him that if he'd change his ways and become an honest man, she'd marry him. Pedro said he would do it. He said that from that day on he would earn his living by hard work, like any respectable man.

If Pedro danced well at his cousin's wedding, he danced even better at his own, especially every time he spun Isabel past the pile of wedding presents. Just as Pedro had hoped, he and Isabel received enough for them to live at their ease for five, six or maybe even seven months! But months go by fast and soon Isabel told Pedro he had to start working or she was going home to her family.

Pedro borrowed a shovel from one neighbor and begged some seed corn from another and set out to find a plot of ground he could farm.

Everyone he talked to told him there was only one piece of ground in all the country round about that wasn't already being farmed—and for a good reason. That land was ruled by a roaring devil and a whole army of elves, demons and little devils. But Pedro Malito said to himself, *When I was a rascal, I wasn't afraid of man or devil. Why should I be afraid now that I've changed my ways?*

He went to the untouched plot of land, threw his sack of seeds to the ground and with the shovel he began to break the soil. But as soon as the shovel bit into the ground the first time, a voice roared from down below, "Who goes there?"

"It's me, Pedro Malito," Pedro answered. "I'm going to plant some corn in this piece of land."

a alguien recibir sin pagar para tocarle el corazón a Pedro y poner en movimiento las ruedas de su cerebro.

El baile y el canto duraron toda la noche, y cuando Pedro bailaba con Isabel, la prima de la novia, decidió que la amaba. Antes de que terminara la fiesta le había propuesto matrimonio. Pedro era un tremendo haragán, pero era buen mozo, y como muchos hombres de labia suelta, buen bailador. Isabel le dijo que lo pensaría.

Cuando Pedro le pidió a Isabel la respuesta, ella le dijo que si cambiaba su manera de ser y se convertía en un hombre honrado, se casaría con él. Pedro dijo que lo haría, que a partir de ese día se ganaría la vida trabajando duro, como cualquier hombre respetable.

Si Pedro bailó bien en la fiesta de bodas de su primo, bailó aun mejor en la suya, sobre todo cada vez que daba vueltas con Isabel frente al montón de regalos de boda. Tal como Pedro había esperado, recibieron lo suficiente para vivir bien por cinco, seis, o quizás hasta siete meses. Pero los meses pasan rápido y pronto Isabel le dijo a Pedro que tenía que comenzar a trabajar, y si no, regresaría a vivir con su familia.

Pedro pidió prestada una pala a un vecino y algunos granos de maíz a otro y se fue a buscar un terreno donde sembrar.

Habló con muchas personas y todas le dijeron que sólo quedaba un terrenito sin sembrar en toda la comarca, y por una buena razón. En ese pedazo de tierra reinaba un diablo rugidor y todo un ejército de duendes, demonios y diablitos. Pero Pedro Malito se dijo: "Cuando yo era haragán, no temía a hombre ni a diablo. ¿Por qué voy temerles ahora que cambié mi manera de ser?"

Fue a la tierra sin cultivar, tiró la bolsa de semillas al suelo y con la pala comenzó a abrir la tierra. Pero tan pronto la pala se hundió en la tierra, se oyó un vozarrón desde abajo que decía: — ¿Quién está ahí?

Pedro respondió: —Soy yo, Pedro Malito, que vengo a sembrar maíz en este terrenito.

Of course the roaring devil knew all about Pedro Malito. In fact, he was a great admirer of Pedro's wily ways. He roared, "Come out, my elves, demons and little devils. Help Pedro Malito plant his corn."

An army of little imps appeared. The shovel flew out of Pedro's hands. A thousand little arms started digging over here and digging over there. In less than five minutes they turned all the soil in the field and raked it out smooth and planted the whole sack of corn. Pedro hurried home to get Isabel and show her all the work he had done.

After a week had gone by, Pedro decided to go check on his cornfield. He borrowed a hoe and threw it over his shoulder like a good farmer and set out. Imagine his surprise when he got to the field—the corn was already as high as his knees. He thought he'd better loosen the soil with his hoe and mound it up around the tender corn plants.

But the first time the blade of his hoe struck the ground, a voice from down below roared, "Who goes there?"

He answered, "It's me, Pedro Malito. I've come to cultivate my corn field."

The voice roared, "Come out, my elves, demons and little devils. Help Pedro Malito cultivate his corn."

The army of little imps appeared. They grabbed the hoe from Pedro's hands and in less than five minutes the cornfield was cultivated.

Pedro hurried to get Isabel and show her all the work he had done. She had never seen such a healthy cornfield. It would surely produce delicious corn. Isabel began to look forward to the feast they were going to have.

A week later, when Pedro went to check on his field, the plants were higher than his waist. But so were the weeds that had grown up among the corn stalks. He pulled up one weed and the voice roared, "Who goes there?"

"It's me, Pedro Malito. I've come to pull up the weeds in my corn field."

"Come out, you elves, demons and little devils. Help Pedro Malito pull the weeds from his corn field."

Por supuesto que el diablo rugidor ya conocía bien a Pedro Malito. De hecho, era gran admirador de su sinvergüenzura. Rugió: —Salgan mis duendes, demonios y diablitos. Ayuden a Pedro Malito a sembrar maíz en este terrenito.

Un ejército de diablitos salió. La pala voló arrancada de la mano de Pedro. Mil bracitos comenzaron a cavar por aquí y por allá. En menos de cinco minutos habían removido y rastrillado el terreno y sembrado la bolsa entera de maíz. Pedro corrió a casa para llevar a Isabel y mostrarle todo el trabajo que había hecho.

Al cabo de una semana Pedro decidió ir a ver su sembrado de maíz. Pidió prestado un azadón, se lo echó sobre un hombro como buen labrador, y se fue. Imagínate la sorpresa que se llevó cuando llegó al maizal y los tallos ya le llegaban hasta las rodillas. Pensó que sería bueno romper el suelo con el azadón y arrimarles tierra a las matas tiernas de maíz.

Pero la primera vez que el azadón dio contra la tierra, el vozarrón rugió desde abajo: — ¿Quién está ahí?

—Soy yo, Pedro Malito. Vengo a cultivar mi sembrado de maíz.

La voz rugió: —Salgan mis duendes, demonios y diablitos. Ayuden a Pedro Malito a cultivar su sembrado de maíz.

El ejército de diablitos apareció. El azadón salió arrebatado de la mano de Pedro y en menos de cinco minutos el maizal quedó bien cultivado.

Pedro corrió para llevar a Isabel y mostrarle todo el trabajo que había hecho. Ella nunca antes había visto un maizal tan hermoso. Seguramente daría un maíz delicioso. Isabel comenzó a anticipar la gran comida con maíz que iban a disfrutar.

A la semana siguiente, cuando Pedro fue a ver su maizal, las matas ya le llegaban más arriba de la cintura. Pero del mismo tamaño eran las malas hierbas que habían brotado entre los tallos de maíz. Pedro arrancó un hierba, y la voz rugió: — ¿Quién está ahí?

—Soy yo, Pedro Malito. Vengo a desyerbar mi maizal.

—Salgan mis duendes, demonios y diablitos. Ayuden a Pedro Malito a desyerbar su sembrado de maíz.

Out flew the little imps and in five minutes every weed had been pulled.

Every week the imps hoed, cultivated and weeded the corn. After each hoeing, Pedro brought Isabel to see how the field was prospering. The last time he brought her, she said, "This corn is ready to be picked. I want to take some home and cook it right now."

"No," Pedro said. "We'd better wait a few more days. It's not quite ready. You'll have all the corn you want before the week is over. You'll see."

But the very next day, when Pedro had gone into the village, Isabel felt a terrible hunger for a roasted ear of tender corn. She thought, *I can pick an ear or two and cook them and eat them before Pedro even gets home.* She hurried off to the cornfield.

Isabel tore a fat ear of corn from a stalk and suddenly a voice roared, "Who goes there?"

Isabel was frightened, but she answered, "It's me, Isabel, Pedro Malito's wife. I came to pick a few ears of corn."

"Come out, you elves, demons and little devils. Help Pedro Malito's wife tear off the ears of corn."

The army of little imps appeared and tore off every ear of corn, knocking over the stalks and pulling them up by the roots in their frenzy. Isabel stood screaming and covering her eyes.

In the meantime as Pedro walked home from the village, he decided that Isabel was right. He thought he'd go straight to the field and begin to harvest his corn. When he got to the field, he saw leaves, stalks, roots and ears of corn scattered in every direction.

Isabel stood in the middle of the field crying. "I was so hungry for some ripe corn," she sobbed. "I came here and picked an ear and…"

She didn't have to say more. Pedro knew what had happened. He was so upset with Isabel that he stomped his foot and shouted at her: *"Aaaaggghhhhh!"*

"Who goes there?"

Los diablitos salieron y en cinco minutos todas las malas hierbas quedaron eliminadas.

Cada semana los diablitos azadonaron, cultivaron y desyerbaron el maizal. Después, Pedro llevaba a Isabel para que viera cómo prosperaba el sembrado. La última vez que la llevó, ella dijo: —Las mazorcas ya están listas para cosechar. Quiero llevar una cuantas a casa para asarlas ahora mismo.

—No —le dijo Pedro—. Es mejor esperar dos o tres días más. Las mazorcas todavía no están maduras. Ya verás. Vas a tener todo el maíz que se te antoje antes de que termine la semana.

Pero al otro día, cuando Pedro estaba en el pueblo, Isabel sintió un deseo insoportable de comerse una mazorca de maíz tierno asada. Pensó: "Puedo coger una mazorca o dos, asarlas y comérmelas antes de que Pedro llegue a casa". Se fue al maizal, arrancó una mazorca gorda de una mata de maíz y de repente se oyó un vozarrón: — ¿Quién está ahí?

Isabel se espantó, pero respondió: —Soy yo, Isabel, la mujer de Pedro Malito. Vengo a arrancar unas mazorcas de maíz.

—Salgan mis duendes, demonios y diablitos. Ayuden a la mujer de Pedro Malito a arrancar las mazorcas de maíz.

El ejército de diablitos salió y arrancó todas las mazorcas, tumbando las matas y pelándolas frenéticamente. Isabel quedó pasmada, gritando y tapándose los ojos.

Mientras tanto, Pedro, que regresaba caminando del pueblo, pensó que Isabel tenía razón. Decidió pasar por el maizal y comenzar la cosecha de maíz. Cuando llegó al campo, vio hojas, raíces y mazorcas desparramadas por todos lados.

Isabel, que estaba parada en medio del maizal llorando, sollozó: —Deseaba tanto el maíz maduro que vine acá, arranqué una mazorca y....

No tenía que decir más. Pedro ya sabía lo que había sucedido. Estaba tan enfadado con Isabel que le dio una patada a la tierra y gritó: —¡*ARRRRR!*

— ¿Quién está ahí?

Pedro shouted impatiently, "It's Pedro Malito. Who else? Leave me alone. I'm hollering at my wife, Isabel."

"Come out, my elves, demons and little devils. Help Pedro Malito stomp his foot and holler at his wife."

The army of little imps appeared and started shouting and screaming and stomping the ground. They gave poor Isabel such a fright that she ran away from there. She ran clear to the other end of the Island and she never came back there again.

And never again was Pedro Malito known to do any work. He would beg, he would borrow, he would trick and cheat—he was even known to steal. But work? Don't even think of it!

Pedro gritó molesto: — ¡Quién más que yo, Pedro Malito! Déjame en paz. Le estoy gritando a mi mujer.

—Salgan mis duendes, demonios y diablitos. Ayuden a Pedro Malito a dar patadas en el suelo y gritarle a su mujer.

Salió el ejército de diablitos y todos se pusieron a gritar, bramar y patear. Le dieron a Isabel un susto tan tremendo que huyó corriendo. Corrió hasta el otro extremo de la Isla y nunca jamás volvió.

Y desde ese día Pedro Malito nunca más volvió a trabajar. Mendigaba, pedía prestado, engañaba y estafaba, y hasta robaba. Pero ¿trabajar? ¡Ni pensarlo!

BORN TO BE POOR
EL QUE NACE PARA POBRE

THERE WAS ONCE A SHOEMAKER who had a shop close to the king's palace. He was the world's most unhappy man. All day long, as he sewed leather and nailed soles onto shoes, he sang to himself:

If you're born to be a poor man, then poor you're going to be.

If you're born to be a poor man, then poor you're going to be.

The king often passed by the cobbler's shop in his carriage, and every time he leaned out the window to listen, he heard the shoemaker singing the samc old song:

If you're born to be a poor man, then poor you're going to be.

If you're born to be a poor man, then poor you're going to be.

HABÍA UN ZAPATERO con su zapatería cerca del palacio del rey. Era el hombre más infeliz del mundo. Durante todo el día, mientras cosía el cuero y sujetaba las suelas a los zapatos con clavos, canturreaba para sí:

El que nace para pobre, pobre tiene que ser.

El que nace para pobre, pobre tiene que ser.

A menudo el rey pasaba por la zapatería en su carroza, y siempre que sacaba la cabeza, oía que el zapatero salía con el mismo verso:

El que nace para pobre, pobre tiene que ser.

El que nace para pobre, pobre tiene que ser.

One day as he passed the shoemaker's shop, the king said to himself, "*¡Caramba!* What is wrong with that man? All day, every day, he sings about being poor. Maybe he just needs a little help."

So when the king arrived at his palace, he called for his cook and said to him, "Make me a big cake, but before you bake it, bring it to me. I want to add something to it."

When the cake was all made and ready to be put in the oven, the king added two big handfuls of gold coins to it. The cook put the cake in the oven and baked it. When the cake was ready, the king told one of his servants to deliver it to the shoemaker.

When the servant brought the cake to the shoemaker's shop, the man didn't even look up from his work. He told the servant to leave the cake on the table, and he continued sewing and hammering and singing:

If you're born to be a poor man, then poor you're going to be.

If you're born to be a poor man, then poor you're going to be.

Later that day, the shoemaker's *compadre* stopped by the shop. "How are you, my friend?" the compadre asked.

"The same as always," the shoemaker replied. He shrugged and added, "If you're born to be poor, then poor you're going to be."

"Oh, no," the *compadre* told him. "How can you say that? Look at the delicious cake you have sitting here on the table."

"Oh, that," said the shoemaker. "That's a gift from the king. A cake! The last thing in the world I need." He shook his head and sang his same old song:

If you're born to be a poor man, then poor you're going to be.

If you're born to be a poor man, then poor you're going to be.

The friend said, "Don't you want the cake, *compadre*?"

"No," said the shoemaker. "I'm too busy to eat cake. If you want it, take it."

The shoemaker's *compadre* took the cake home and showed it to his wife. "It's beautiful," his wife said. "Where did it come from?"

Un día que el rey pasó por la zapatería, se dijo:

—¡Caramba! ¿Qué tendrá ese hombre? Se pasa todos los días cantando su pobreza. A lo mejor lo único que le hace falta es un pequeño impulso.

Así que cuando llegó al palacio mandó llamar al cocinero y le dijo:

—Prepárame un pastel grande, pero antes de que lo hornees, tráemelo. Quiero agregar algo al pastel.

Cuando el pastel estuvo listo para meterlo al horno el rey le añadió dos puñados de monedas de oro. Luego el cocinero horneó el pastel. Después, el rey mandó a un sirviente a entregárselo al zapatero.

Cuando el sirviente llegó a la zapatería con el pastel, el hombre ni apartó la vista de su trabajo. Le dijo al sirviente que dejara el pastel en la mesa y siguió cosiendo, martillando y cantando:

El que nace para pobre, pobre tiene que ser.

El que nace para pobre, pobre tiene que ser.

Más tarde el compadre del zapatero pasó por el taller.

—¿Cómo estás, amigo? —preguntó el compadre.

—Como siempre —replicó el zapatero. Se encogió de hombros y añadió: —Si naces para ser pobre, pobre vas a ser.

—Pero, ¿cómo puedes decir eso? —le dijo el compadre—. Mira el hermoso pastel que tienes aquí en la mesa.

—¡Imagínate! —dijo el zapatero—. Fue un regalo del rey. ¡Un pastel! Lo último que necesitaba en el mundo.

El zapatero movió la cabeza y cantó su queja de siempre:

El que nace para pobre, pobre tiene que ser.

El que nace para pobre, pobre tiene que ser.

El amigo le preguntó: —¿Qué, no quieres el pastel, compadre?

—No —repuso el zapatero—. Tengo demasiado trabajo para comérmelo. Si lo quieres, llévatelo.

El compadre del zapatero se llevó el pastel para la casa y se lo mostró a su mujer.

—Es hermoso —dijo la mujer—. ¿Dónde lo conseguiste?

"It's a gift the king sent to my *compadre*. But he didn't want it. He said he was too busy to eat a cake."

"It looks delicious," the wife said. She took a knife and tried to cut the cake, but the knife struck something hard. She couldn't cut it. "My goodness!" she said. "What can this cake have in it that a knife won't cut it?"

"I'll get my machete," the man said. He gave the cake a strong chop with the machete and gold coins rolled all over the floor!

The man and his wife gathered up all the gold, and the woman said, "We'd better leave this place. The king may realize that someone put gold in the cake and come looking for it. He might accuse us of being thieves."

They packed up all their belongings and moved to a far-away city.

A week later the king said to himself, "*¡Caramba!* I gave that shoemaker such a fine gift and he hasn't even come here to thank me." He told his servant, "Go to the shoemaker's shop and tell him to come here at once."

When the shoemaker arrived, he grumbled, "What is it that you want, Your Majesty? I have work waiting for me in my shop."

"I wanted you to come here so that I could ask if you liked the gift I sent you," the king replied.

"Oh, the cake," the shoemaker said. "Well, to tell you the truth, I didn't have time to eat it. I gave it to my *compadre*."

The king shook his head and said, "You were born to be poor, and poor you're going to be. The cake I sent you had two big handfuls of gold coins inside, to lift you out of your poverty."

When he heard that, the shoemaker turned white and trembled. And then he bowed and left the palace. He walked slowly back to his shop singing:

If you're born to be a poor man, then poor you're going to be.
If you're born to be a poor man, then poor you're going to be.

—Fue un regalo que el rey le mandó a mi compadre, pero él no lo quiso. Dijo que estaba muy ocupado como para comer pasteles.

—Parece delicioso —dijo la esposa. Tomó un cuchillo e intentó cortarlo, pero el filo dio contra algo muy duro y no lo pudo cortar.

—¡Válgame Dios! —dijo la mujer—. ¿Qué puede tener dentro, que el cuchillo no lo puede cortar?

—Traigo mi machete —dijo el hombre. Dio un fuerte machetazo y muchas monedas de oro rodaron por el piso.

El compadre y su mujer recogieron el oro, y la mujer dijo: —Más vale que dejemos este lugar. Es posible que el rey se percate de que alguien puso oro en su pastel y venga a reclamarlo. Nos puede juzgar por ladrones.

Enseguida empacaron todas su pertenencias y se trasladaron a una ciudad lejana.

Una semana más tarde, el rey se dijo: —¡Caramba! Con el regalo tan bueno que le di al zapatero y ni ha venido a agradecérmelo.

Entonces el rey le dijo al sirviente: —Ve a la zapatería y dile al hombre que venga a verme de una vez.

Cuando el zapatero llegó, masculló al rey: —¿Qué es lo que usted desea, Su Majestad? El trabajo me espera en el taller.

—Quería que vinieras para preguntarte si te gustó el regalo que te envié —contestó el rey.

—Ah, sí, el pastel —dijo el zapatero—. Bueno, a decir verdad, no tuve tiempo para comérmelo. Se lo regalé a mi compadre.

El rey movió la cabeza y dijo: —Tú naciste para pobre y pobre vas a ser. El pastel que te envié tenía dentro dos puñados grandes de monedas de oro, para librarte de tu pobreza.

Cuando el zapatero oyó eso, palideció y se puso a temblar. Luego hizo una reverencia y salió del palacio. Caminó lentamente al taller, cantando:

El que nace para pobre, pobre tiene que ser.
El que nace para pobre, pobre tiene que ser.

YOUNG HERON'S NEW CLOTHES
LA ROPA NUEVA DEL JOVEN GARZA

ANANSI, THE SPIDER, had a beautiful daughter. Her waist was slender, her legs were long, and she walked through the forest with flowing grace.

The young son of the heron fell in love with the beautiful girl. Young Heron went to court Anansi's daughter, but a young heron doesn't have a very attractive suit of feathers. The girl said, "Your clothes are brown and speckled. How could I ever fall in love with a man who dresses like that?"

So the young heron went away feeling ashamed. He hadn't gone very far when he met up with Duck. Duck wore bright and shimmering green, blue and magenta feathers. Young Heron asked Duck to lend him a suit of his fine clothes.

ANANSI, LA ARAÑA, tenía una hija hermosa. Ella tenía figura esbelta con piernas largas y caminaba por el bosque con una gracia natural.

El joven hijo de la garza se enamoró de la bella muchacha y decidió cortejarla, pero una garza joven no tiene un traje de plumas muy atractivo, por lo que la muchacha le dijo: —Tu ropa es parda y salpicada de manchas. ¿Cómo voy a enamorarme de un ser que se viste así?

El joven garza se fue avergonzado. Al poco de caminar se encontró con el pato. El pato usaba ropa de plumas centelleantes de colores verde, azul y morado.

—Pato —pidió el joven garza—, préstame tu fino traje de plumas coloreadas.

Duck said he would, but he warned Young Heron not to wear the clothes when he entered the river. He told him to take the clothes off by singing a song:

Guali guali pium pium.

Guali guali pium pium.

"You must sing that song before you enter the river so that the feathers will fall off. If you wear them into the water, they'll be carried away by the current," Duck told Young Heron.

Young Heron thanked Duck and went off to court Anansi's daughter in his beautiful new clothes. This time she received him politely and the two of them sat down to talk. The girl's little brother sat in a chair across from them, listening to the conversation. Young Heron and Anansi's daughter couldn't talk freely. Young Heron began to grow impatient. Finally, he said to the brother, "Listen, boy! Get on out of here." The boy went away grumbling.

The next day Young Heron came to court some more. Again, just as soon as he and the girl sat down to talk, her little brother pulled up a chair and sat listening. Once again Young Heron lost his patience and said, "*¡Muchacho!* Get on out of here." And the boy went away unhappily.

Every day it was the same. The boy kept snooping around whenever Young Heron was courting. Every day Young Heron chased him away. Several weeks went by this way. Young Heron grew more and more impatient with the boy and chased him away more rudely, and the little brother grew more and more angry at Young Heron.

And then one day the little brother happened to climb a tree by the river. He saw Young Heron coming that way, so he climbed even higher and hid among the thick branches. Young Heron arrived at the river's edge and began to sing:

Guali guali pium pium.

Guali guali pium pium.

The boy saw the beautiful, bright feathers fall off Young Heron. Underneath were the brown speckled ones. They were more ragged and disheveled than ever. Some of them even came off in the water and disappeared downstream.

El pato le dijo que lo haría, pero le advirtió que no podía llevar esa ropa cuando entrara en el río. Le dijo, además, que se quitara la ropa cantando:

Guali guali pium pium.

Guali guali pium pium.

—Tienes que cantar ese canto antes de que entres en el agua para que se te caigan las plumas. Si entras al agua con las plumas puestas, la corriente se las va a llevar —le dijo el pato al joven garza.

El joven garza le dio las gracias al pato y se fue a cortejar a la hija de Anansi, vestido con su nueva y hermosa ropa. Esta vez la muchacha lo recibió cortésmente y los dos se sentaron a conversar. El hermanito de la muchacha se sentó en una silla junto a ellos, escuchando la conversación. La pareja no podía hablar a gusto, y el joven comenzó a molestarse. Al fin, le dijo al hermanito de su novia: —Oye, muchacho, vete de aquí. El hermanito se fue refunfuñando.

Al día siguiente el joven garza fue otra vez de visita, y tan pronto los jóvenes se sentaron a conversar, el hermanito arrimó una silla y se puso a escuchar. De nuevo el joven garza se impacientó y le dijo: —Muchacho, vete de aquí. El muchacho se fue de mala gana.

Todos los días sucedía lo mismo. El muchacho estaba ahí curioseando cuando el joven garza cortejaba a la hermana. Todos los días el joven garza lo ahuyentaba. Varias semanas pasaron de la misma forma. El joven garza se enojaba cada vez más y trataba al muchacho con más rudeza. El hermanito estaba cada vez más resentido.

Luego un día, por casualidad, al muchacho se le ocurrió subir a un árbol junto al río. Vio venir al joven garza y subió más alto para esconderse entre el follaje espeso. El joven garza, que no sospechaba nada, llegó a la orilla del río y empezó a cantar:

Guali guali pium pium.

Guali guali pium pium.

El muchacho vio cómo las hermosas plumas resplandecientes se le cayeron al joven garza y que debajo aparecían las plumas pardas y salpicadas. Estaban más desgarradas y peor conservadas que antes. Hasta vio que algunas se desprendieron y desaparecieron con la corriente.

The next time Young Heron came courting Anansi's daughter, the little brother sat down in the chair opposite the couple as usual. As usual Young Heron told him, "*Muchacho*, get out of here."

The little brother stood up to go, but as he walked toward the door he sang quietly:

Guali guali pium pium.

Guali guali pium pium.

"Where did you learn that song?" Young Heron asked angrily.

The boy didn't answer. He just sang louder:

Guali guali pium pium.

Guali guali pium pium.

Heron felt his beautiful feather clothes beginning to loosen. The brother sang again.

Guali guali pium pium.

Guali guali pium pium.

Young Heron jumped up and said, "Excuse me. I have to go leave the room for a minute."

He ran into another room and closed the door just as Duck's clothes fell from him. The girl sat waiting in the other room. She called over and over, "Heron, are you coming out yet? Are you coming out yet?"

Finally she walked around the house to a window to peek in and find out what was going on. She was amazed at what she saw. Young Heron wasn't wearing the colorful green, blue and magenta feathers of Duck. But he wasn't wearing speckled brown feathers either. He was dressed in a suit of beautiful pure white. He looked better than ever.

Young Heron was now Young Man Heron. His adult feathers had appeared! Anansi's daughter fell in love with Young Man Heron and they were married the very next week. Duck was the best man. The bride's little brother sang at the wedding fiesta. He sang:

Guali guali pium pium.

Guali guali pium pium.

La próxima vez que el joven garza fue a cortejar a la hija de Anansi, el hermanito se sentó frente a ellos, como de costumbre, e igual que siempre el hijo de la garza le dijo: —Muchacho, vete de aquí.

El hermanito se paró para irse, pero mientras caminaba hacia la puerta cantó en voz baja:

Guali guali pium pium.

Guali guali pium pium.

El joven garza perguntó enojado: —¿Dónde aprendiste esa canción?

El muchacho no respondió, sino que cantó aun más fuerte:

Guali guali pium pium.

Guali guali pium pium.

El joven garza sintió que las bellas plumas empezaron a aflojarse. El hermanito volvió a cantar:

Guali guali pium pium.

Guali guali pium pium.

El joven garza se levantó de un salto y dijo: —Con permiso. Tengo que irme de la sala por un momentico.

Corrió a otro cuarto y cerró la puerta en el momento en que las plumas de pato se le cayeron.

La muchacha lo esperó en la sala. Lo llamó una y otra vez: —Garcita, ¿vas a salir ya? ¿Vas a salir ya?

Al fin la muchacha salió de la casa y se asomó a una ventana para ver lo que pasaba. Quedó admirada por lo que vio. El joven garza no vestía las coloreadas plumas verdes, azules y moradas de pato. Pero tampoco vestía las plumas pardas y salpicadas. Estaba vestido con bellas plumas blanquísimas. Se veía mejor que nunca.

El joven garza ya era el hombre garza. Le había salido su plumaje de adulto. La hija de Anansi se enamoró del garza y al cabo de una semana se casaron. El pato fue el padrino. Y el hermanito de la novia cantó en la fiesta de boda. Y esto es lo que cantó:

Guali guali pium pium.

Guali guali pium pium.

WE SING LIKE THIS
NOSOTRAS CANTAMOS ASÍ

HIGH UP IN A TREE beside a still lake, a pair of beautiful white herons built a nest. The mother heron laid three pale blue eggs in the nest. The herons were so happy to think that they'd soon have three babies, they started singing. They sang:

Tin ganga o, tin ganga o, yo mama ganga reré.

The mother and father heron took turns keeping the eggs warm. While one was sitting on the nest, the other would fly down to catch fish in the shallow water of the lake. Whenever they traded places, they flew up into the air together and circled around and around the nest singing:

Tin ganga o, tin ganga o, yo mama ganga reré.

EN LO ALTO DE UN ÁRBOL GRANDE, al lado de una tranquila laguna, una pareja de lindas garzas blancas construyeron un nido. La mamá garza puso tres huevos de color azul claro en el nido y las garzas se alegraron tanto de pensar que pronto tendrían tres pollitos que se pusieron a cantar. Cantaron:

Tin ganga o, tin ganga o, yo mama ganga reré.

La mamá y el papá garza se turnaron para empollar los huevos. Mientras una se sentaba en el nido, la otra bajaba volando para pescar en el agua baja de la laguna. Cada vez que cambiaban de lugar se elevaban volando juntos. Daban vueltas y vueltas al nido cantando:

Tin ganga o, tin ganga o, yo mama ganga reré.

But then a sad thing happened. Once when they were singing happily and flying in circles, a sudden strong wind blew in from the sea. It swept the herons far away from their lake, and from their nest in the treetop. It carried them clear to the other end of the island.

The eggs were left all alone in the nest. But the sun came out and warmed them, and the baby herons kept growing inside. In time, the first baby heron poked its head through the shell — *tlaca*. It looked around and said, "Where's my mama?"

The second baby heron poked its head out of the shell — *tlaca* — and said, "Where is my papa?"

The third baby heron, the littlest of the three, broke its shell in half — *tlacalacá* — and said, "Let's go and find them!"

"But," said the other two baby herons, "how will we know them?"

"Listen," said the littlest heron. And she sang:

Tin ganga o, tin ganga o, yo mama ganga reré.

The other baby herons opened their beaks to sing, and out came the same song :

Tin ganga o, tin ganga o, yo mama ganga reré.

"See?" said the littlest heron. "That's how we sing. Our mama and papa will sing the same way. We'll know them by their song.

"What a good idea!" said the others, and away they all flew to look for their father and mother.

In a little while, they saw a pretty white bird. The little herons were sure their mother must be very pretty too. They all flew around the white bird, and the littlest heron asked, "Excuse me, by any chance are you our mother?"

The bird they had met was *la paloma*, the dove, who, as everyone knows, is a very tender-hearted bird. She was so touched by the sight of three baby herons all alone in the world that, without thinking, she replied, "Yes, my dear little children, I'm your mother."

The little herons were very happy to have found their mother! They were just about to fly home with the dove when the littlest heron asked, "Um...*Mamá*, do you sing?"

WE SING LIKE THIS • NOSOTRAS CANTAMOS ASÍ

74

Pero luego sucedió algo muy triste. Una vez que estaban volando y cantando de alegría, una ventolera muy fuerte llegó desde el mar. Con violencia se llevó las garzas muy lejos de la laguna y del nido en lo alto del árbol. Las llevó arrastradas hasta el otro extremo de la isla.

Los huevos quedaron solitos en el nido, pero el sol salió y los calentó. Adentro las garcitas siguieron creciendo. Con el tiempo la primera garcita rompió el cascarón —*tlaca*. Sacó la cabeza, miró a todos lados y dijo: —¿Dónde está mi mamá?

La segunda garcita sacó la cabeza del cascarón — *tlaca* — y dijo: —¿Dónde está mi papá?

La tercera garcita, que era la más pequeñita de las tres, partió el cascarón en dos — *tlacalacá* — y dijo:

—¡Vamos a buscarlos!

—Pero— dijeron las otras—, ¿cómo los vamos a conocer?

—Oigan —dijo la más pequeña. Y cantó:

Tin ganga o, tin ganga o, yo mama ganga reré.

Las otras garcitas abrieron el pico para cantar y les salió el mismo canto:

Tin ganga o, tin ganga o, yo mama ganga reré.

—¿Ven? —dijo la más pequeña—. Nosotras cantamos así. Seguramente nuestros papás cantarán igual. Los vamos a conocer por su canto.

—¡Qué buena idea! —dijeron las otras y las tres salieron volando en busca de su padre y de su madre.

Después de un rato vieron acercarse a una bonita ave blanca. Como estaban seguros de que su mamá también sería bonita, volaron a su encuentro. La garcita más chiquita preguntó: —Disculpe, ¿acaso es usted nuestra mamá?

La que venía volando era la paloma, que es, como todo el mundo sabe, un ave muy tierna. Le dio tanta lástima ver a las garcitas tan solas en el mundo que sin pensarlo mucho respondió:

—Sí, mis amores, yo soy su madre.

¡Qué contentas se pusieron las pequeñas garcitas de haber encontrado a su madre! Se dispusieron a irse a casa con ella, pero la más pequeñita preguntó:

—Mamá, ¿tú puedes cantar?

"Of course I do," answered the dove. And she sang:

Si ambere, si ambere, bembere sió sió.

"*Ay, señora,*" said the little herons. "We're so sorry, but you're not our mother. Our mother sings:

Tin ganga o, tin ganga o, yo mama ganga reré.

And away flew the little herons.

Then ahead of them they saw a black bird perched on the branch of a dead tree. It had white wings and a pretty red crest on its head. It was *el pájaro carpintero*, the woodpecker. He was hard at work, digging into the tree with his beak. They thought their father was probably a hard worker like that, so they flew right up to the woodpecker and called out, "*Perdón.* By any chance are you our father?"

The woodpecker was such a hard worker he had never had time for a family. And he didn't think he liked children very well anyway. But when he saw the three little herons, he felt a kindness he had never known before. He answered, "Yes, *míjitas,* I'm your father."

The little herons were so happy they flew in circles laughing. They were about to move into the woodpecker's hole in the tree, but the littlest heron, who was not quite convinced, said, "Eh..., *Papá,* do you know how to sing?"

The woodpecker was such a hard worker that he'd never taken time to learn how to sing or play the guitar or paint pictures, but he didn't want to disappoint his children. He moved his head back and forth and sang:

¡Brr kan! ¡Brr kan! ¡Brr kan!

All the little herons said together, "*Ay, señor,* we're so sorry, but you can't be our father, because our father would sing like us. We sing:

Tin ganga o, tin ganga o, yo mama ganga reré.

The little herons flew on their way. They came to a river and saw a woman who was scrubbing clothes on the rocks at the edge of the stream. She didn't look at all like the mother they imagined, but you never know. They flew down and landed close

—Claro que canto —respondió la paloma y cantó:

Si ambere, si ambere, bembere sió sió.

—Ay, señora —dijeron las garcitas—, usted no es nuestra mamá. Nuestra mamá canta así:

Tin ganga o, tin ganga o, yo mama ganga reré.

Y las garcitas siguieron su vuelo.

Más adelante vieron a un pájaro negro posado en un tronco muerto. Tenía alas blancas y una linda cresta roja en la cabeza. Era el pájaro carpintero. Trabajaba con empeño, cavando en el árbol con el pico. Suponían que su padre fuera muy trabajador, por lo que se le acercaron volando al pájaro carpintero y llamaron:

—Perdón, ¿acaso es usted nuestro papá?

El pájaro carpintero era tan aficionado al trabajo que no había tenido el tiempo para formar una familia. Además, no creía que le gustaran los niños. Pero cuando vio a las tres garcitas, sintió una ternura que nunca antes había conocido. Les respondió:

—Sí, *mijitas*, yo soy su papá.

Las garcitas se pusieron tan alegres que volaron en círculos riendo. Estaban por acomodarse en el hueco del tronco seco donde vivía el pájaro carpintero, pero la más pequeñita dijo:

—Oye, papá, ¿tú sabes cantar?

El pájaro carpintero era tan trabajador que no se había dado el lujo de aprender a cantar, ni a tocar la guitarra, ni a hacer dibujos. Pero no quería decepcionar a sus hijas. Martilló con la cabeza y cantó:

¡Brr kan! ¡Brr kan! ¡Brr kan!

Las garcitas dijeron a coro:

—Ay, señor, lo sentimos, pero usted no puede ser nuestro papá. Nuestro papá canta como nosotras. Cantamos:

Tin ganga o, tin ganga o, yo mama ganga reré.

Las garcitas se fueron volando. Llegaron a un río y vieron a una mujer que lavaba ropa en las piedras de la orilla. No se parecía para nada a la idea que tenían de su mamá, pero nunca se sabe. Se acercaron a la mujer. Cuando estuvieron al alcance de su oído preguntaron:

to the woman. When they were close enough to be heard they asked, "*Señora*, could you be our mother?"

The woman didn't even look up from her work. She had a house full of children, and she thought some of them were trying to play a joke on her. "Yes," she said. "Of course I'm your mother."

The little herons were happy and thought maybe they should help their mother with her work, but first the littlest heron cleared his throat and said, "*Ahem...*, *Mamá*, do you sing?"

This joking was beginning to get on the woman's nerves, but because she was patient, as all good mothers are, she just sighed and said, "You know I do." And she sang:

Sopuá sopuá, como yo lavá.

The little herons backed away from the woman. They said, "We're so sorry, *señora*, but you're not our mother, because our mother would sing:

Tin ganga o, tin ganga o, yo mama ganga reré.

The little herons flew up into the air again. They met up with the scruffy black bird called *el totí* — he couldn't sing at all — and with *la lechuza*, the owl. They saw a beautiful bird called *el tomeguín* in a cage, and the *tomeguín* sang a beautiful song, but it wasn't the right one. No matter where they flew, they couldn't find their father and mother. Finally, they spotted a small pond and thought they'd fly down and get a drink of water.

That's what they were doing when a strange-looking creature came struggling toward them. It looked like a rock with legs on it, not at all like the mother they imagined, but they opened their little beaks and said, "Excuse us, do you think maybe you could be our mama?"

The creature they saw was a little turtle called *la jicotea*. She's a famous trickster who never passes up a chance to fool someone. "You better believe I'm your mama!" she said. "You'd better come home with me right now."

The little herons were thrilled. They were about to swim home with the turtle, but the littlest heron wanted to be sure. She said, "By the way, can you sing?"

—Señora, ¿será usted nuestra madre?

La mujer ni siquiera levantó la vista. Tenía la casa llena de hijos y pensó que algunos estaban bromeando con ella.

—¡Si! —respondió—. Ya saben que yo soy su madre.

Las garcitas se pusieron comtentas y pensaron que sería bueno ayudar a su mamá con el trabajo, pero primero la más chiquita se aclaró la garganta — *ajem* — y preguntó: —Mamá, ¿sabes cantar?

La mujer empezó a molestarse con tanto bromear, pero porque era paciente, como son todas las buenas madres, dio un suspiro y respondió:

—Ya saben que sí. —Y cantó:

Sopuá sopuá, como yo lavá.

Las garcitas se alejaron de la mujer. Dijeron:

—Qué pena, señora. Usted no es nuestra madre porque nuestra madre cantaría:

Tin ganga o, tin ganga o, yo mama ganga reré.

Las garcitas volvieron a levantar vuelo. Se encontraron con un pájaro negro mal aseado llamado el totí, no cantaba para nada, y con la lechuza. Vieron un hermoso tomeguín en una jaula. El tomeguín cantó bellamente, pero no el canto correcto. Por dondequiera que volaron, no pudieron encontrar a sus padres. Al fin vieron una lagunita y pensaron bajar a tomar agua.

Lo estaban haciendo cuando vieron a una criatura extraña que se les acercaba pesadamente. Se parecía a una piedra con piernas, nada parecida a la madre que se imaginaban, pero abrieron el pico y dijeron:

—Discúlpenos, ¿cree usted que tal vez sea nuestra mamá?

La criatura que vieron era la jicotea, la tortuga, que tenía fama de tramposa y que nunca perdía la oportunidad de engañar a cualquiera.

—Claro que yo soy su mamá —les dijo—. Más vale que vengan a casa conmigo ahora mismo.

Las garcitas quedaron extasiadas. Estaban por nadar a casa con la jicotea, pero la más chiquita quería asegurarse. Dijo:

The turtle threw her head back and laughed. She said, "I can sing, I can dance and I can play every instrument in the band! Listen to this song:

Ay, pobrecito Don Pedro, musenlá musenlá.

She sang and danced a step or two, and then fell into the pond and disappeared under the water.

The poor little herons were exhausted—and very disappointed. They decided they'd just go back to the nest and hope their father and mother would come and find them. They took a long drink of water and were about to leave when they saw two big white birds approaching from the far end of the lake. Those big white birds were more beautiful than they dared imagine their father and mother might be.

The big white birds landed nearby. They looked to the left and to the right and then they started to sing! They sang:

Tin ganga o, tin ganga o, yo mama ganga reré.

The little herons flew toward them crying, "*¡Mami, Papi. Mami, Papi!*"

They all hugged each other for a long time.

"*¡Ay, hijitas!*" the parents said, "Where have you been? We returned to the nest and only found broken shells. We've been looking all over for you!"

The little herons told the story of their adventures and the littlest heron asked, "And…do you know how we knew you were our mama and papa?"

"How?" asked the heron parents.

"Listen," said all the little herons. They opened their beaks and sang:

Tin ganga o, tin ganga o, yo mama ganga reré.

The mother and father started singing too. And the whole woods echoed with the song!

Tin ganga o, tin ganga o, yo mama ganga reré.

—A propósito, ¿puedes cantar?

La jicotea echó la cabeza hacia atrás y se rió. Dijo:

—Yo puedo cantar, bailar y tocar todos los instrumentos de la orquesta. Escuchen esta canción:

Ay, pobrecito Don Pedro, musenlá musenlá.

Cantó y bailó un paso o dos y luego cayó a la laguna y desapareció bajo el agua.

Las pobres garcitas estaban exhaustas y descorazonadas. Decidieron regresar al nido y esperar a que sus padres las encontraran. Tomaron una buena cantidad de agua y se dispusieron a ir cuando por el otro extremo de la laguna vieron llegar a dos aves grandes y blancas. Esas dos aves blancas eran aun más hermosas de lo que se habían atrevido a imaginar que eran sus padres.

Las grandes aves blancas bajaron a la laguna. Miraron a la izquierda y a la derecha y luego cantaron:

Tin ganga o, tin ganga o, yo mama ganga reré.

Las garcitas volaron hacia las garzas grandes gritando:

—¡Mami, Papi! ¡Mami, Papi!

Estuvieron un gran rato abrazándose.

—¡Ay, hijitas! —dijeron los padres—. ¿Dónde han estado? Regresamos al nido y sólo encontramos los cascarones rotos. Las hemos buscado por todas partes.

Las garcitas les contaron sus aventuras y la más chiquita les preguntó:

—Y ¿saben cómo adivinamos que ustedes eran nuestros padres?

—¿Cómo? —preguntaron los grandes.

—Oigan —dijeron las garcitas. Todas abrieron el pico y cantaron:

Tin ganga o, tin ganga o, yo mama ganga reré.

La madre y el padre también se pusieron a cantar. Y el bosque entero retumbó con la canción:

Tin ganga o, tin ganga o, yo mama ganga reré.

BUY ME SOME SALT
CÓMPRAME SAL

ONE DAY A WOMAN got everything ready to make lunch for her family. She was going to make a simple meal of beans and rice and a little boiled chicken. She was pleased, though, that at least she could flavor them with a good *sofrito*. But when she looked around the kitchen, she realized something very important was missing: she didn't have any salt. She couldn't find so much as a pinch anywhere in the house.

The woman stepped outside and called to her youngest son who was kicking pebbles up and down the street. She handed him a coin and said, "Run to the store. *Cómprame sal.* Buy me some salt."

UN DÍA UNA SEÑORA se dispuso a preparar el almuerzo para su familia. Sería una comida sencilla de arroz y frijoles y un poquito de pollo cocido. Menos mal que la podía sazonar con un sofrito sabroso. Pero cuando buscó en la cocina, se dio cuenta de que le faltaba algo muy importante: no había sal. No encontró ni una pizca de sal en toda la casa.

La mujer salió de la casa y llamó a su hijo menor que estaba pateando piedrecitas de arriba para abajo en la calle. Le dio una moneda y le dijo: —Corre a la bodega y tráeme un poco de sal.

The little boy took the money, put it in his pocket and started skipping down the street. His mother called after him, "Don't forget what I need. *Cómprame sal.* Buy me some salt."

The boy didn't want to forget what he was supposed to buy, so he kept saying it over and over to himself as he ran down the street, "*Sal…sal…sal…sal.*"

But the little boy wasn't paying attention to where he was going and tripped over a crack in the pavement and fell and hit his knee. He held his leg and choked back the tears and then got up to run on. But he couldn't remember the word he had been saying.

Then he noticed that the door to a neighbor's house was half open. He thought he'd peek in and see if anyone could help him. He poked his head in through the door, and there was the teenage daughter of the family, kissing her boyfriend goodbye. The young people saw the boy. "You nosey boy!" they shouted. "*Sal de ahí. ¡Sal!*" They were ordering him to get out, *¡Sal!* But *sal* also means salt, and that's exactly the word the boy was trying to remember.

He smiled and shouted, "*¡Sal!*" And he turned to go on to the store.

But the young people thought he was making fun of them. The young man grabbed the boy's arm and gave him a shaking. "Leave us alone," he said. "*No metas tu nariz.* Mind your own business."

The boy ran out of the house and down the street as fast as he could. Then he stopped to catch his breath and he tried to remember what he had been saying. All he could remember was the last thing he had heard: *No metas tu nariz.* Mind your own business.

He went on down the street saying that over and over:

"*No metas tu nariz.*

Mind your own business."

On the corner, two men were arguing loudly about something. They started shouting and one grabbed the other by the front of the shirt. A policeman was hurrying toward them to make sure they didn't start fighting. As the policeman passed the boy, he heard him saying: "*No metas tu nariz.* Mind your own business."

El niño tomó la moneda, la metió en el bolsillo y se fue saltando por la calle. La mamá insistió: —No olvides lo que me hace falta. Cómprame sal.

El niño no quería olvidar lo que debía comprar para su mamá y lo repetía mientras corría por la calle: —Sal...sal...sal...sal.

Pero por no fijarse por donde caminaba, se le trabó un pie en un hueco de la calle, se cayó y se lastimó en la rodilla. Con dolor se agarró la pierna, aguantando las lágrimas, luego se paró para seguir andando. Pero en la caída se le había escapado la palabra que estaba diciendo.

Luego notó que la puerta de la casa de un vecino estaba entreabierta. Pensó asomarse para ver si alguien lo podía ayudar. Se acercó y metió la cabeza por la puerta y en ese momento la hija adolescente de la familia estaba despidiendo al novio con un beso. Al ver al niño, los jóvenes gritaron: —¡Niño entrometido! Sal de ahí. ¡Sal!

El niño se alegró de oír la palabra y gritó: —¡Sal! —y dio media vuelta para seguir corriendo a la bodega.

Pero la pareja pensó que se burlaba de ellos. El joven lo tomó por el brazo y le dio una sacudida. Le dijo: —Déjanos solos. ¡No metas tu nariz!

El niño salió de la casa y se fue disparado por la calle. Luego se paró para cobrar aliento y trató de acordarse de lo que antes decía. Pero lo único que le vino a la mente fue lo último que había oído: ¡No metas tu nariz!

Se fue por la calle diciéndolo:

¡No metas tu nariz!

¡No metas tu nariz!

En la esquina dos hombres discutían un asunto con palabras fuertes. Comenzaron a gritarse y uno tomó al otro por la camisa. Un policía se apuró para alcanzarlos y evitar que pelearan. Cuando pasó junto al niño, oyó que decía: ¡No metas tu nariz!

El policía se enojó. Tomó al niño por el brazo y se lo llevó. Después de separar a los dos contrincantes, le dijo al niño: —Eso no es lo que debes decir al que quiere evitar una pelea. Deberías decir "Que se separen pronto".

The policeman was angry. He grabbed the boy by the arm and pulled him along with him. After he'd separated the two arguing men, the policeman said to the boy, "That's not what you should say to someone who is trying to prevent a fight. You should have said, "*Que se separen pronto*. May they break it up right away."

He gave the boy a quick shake and let him go. The boy ran away. And when he slowed down, all he could remember was: *Que se separen pronto*. May they break it up right away. He went down the street saying that.

"*Que se separen pronto*.

May they break it up right away."

In the next block there was a church. A wedding was just ending and the bride and groom were coming out of the door hand in hand. The boy came along saying:

"*Que se separen pronto*.

May they break it up right away."

The groom heard the boy. He stopped him and said, "That's a terrible thing to say at a wedding. You should wish us many happy years together. Remember: *Más vale dos juntos que uno solo*. Two together is better than one."

He shook the boy and then let him go. The boy ran to get away, and when he slowed down, all he could remember was *Más vale dos juntos que uno solo*. Two together is better than one. He went down the street saying that:

"*Más vale dos juntos que uno solo*.

Two together is better than one."

Just beyond the church was the cemetery. A funeral procession was entering, and all the dead man's friends and relatives were following along behind the coffin, crying and wiping their eyes. Here came the boy saying:

"*Más vale dos juntos que uno solo*.

Two together is better than one."

The mourners were shocked. One of them went over to the boy and said, "Shame on you. You shouldn't talk like that. It's sad enough that we've lost one friend. How can you wish that it had been two? Say something kind. Say, *Que descanse ahí en paz para siempre*. May he rest there in peace forever."

Después el guardia le dio una sacudida y lo soltó. El niño escapó corriendo. Cuando moderó sus pasos, lo único que consiguió recordar fue: Que se separen pronto. Siguió corriendo, mientras repetía:

Que se separen pronto.

Que se separen pronto.

En la otra cuadra había una iglesia. Una boda acababa de terminar y los novios salían de la iglesia tomados de la mano. El niño llegó diciendo:

Que se separen pronto.

Que se separen pronto.

El novio oyó al niño. Lo paró y le dijo: —Es terrible decir eso en una boda. Deberías desearnos muchos años de felicidad matrimonial. Acuérdate: "Más vale dos juntos que uno solo".

Le dio una sacudida y luego lo soltó. El niño corrió para alejarse, y cuando dejó de correr lo único que logró recordar fue: Más vale dos juntos que uno solo. Siguió por la calle repitiéndolo:

Más vale dos juntos que uno solo.

Más vale dos juntos que uno solo.

Un poco más allá de la iglesia había un cementerio. Un entierro entraba allí y todos los familiares y amigos del fallecido seguían el ataúd, llorando y secándose las lágrimas. Vino el niño diciendo:

Más vale dos juntos que uno solo.

Más vale dos juntos que uno solo.

Los dolientes se escandalizaron. Uno de ellos se acercó al niño y le dijo:

—Debería darte vergüenza. No debes decir eso. Es una gran tristeza que hayamos perdido a un amigo. ¿Cómo puedes desear que hubiera sido dos? Di algo compasivo, como "Que descanse ahí en paz para siempre".

Once again the boy ran to get away. And when he slowed down, all he could remember was the last thing he'd heard: *Que descanse ahí en paz para siempre.* May he rest there in peace forever. He hurried down the street repeating it:

"*Que descanse ahí en paz para siempre.*

May he rest there in peace forever."

In a little park at the end of the block there was a well. A man who had come for water had dropped his bucket into the well and when his friend had tried to help him get it out, they had both fallen into the water. One of the men had managed to climb back out, but the other was still down in the well, hollering for help. Along came the boy saying:

"*Que descanse ahí en paz para siempre.*

May he rest there in peace forever."

"What are you saying?" cried the man who had climbed out of the well. "That's my friend down there in the well. I have to get him out." He made the little boy help him and finally they got the second man out of the well. The first man turned to the boy and said, "You should have said, *Ya salió uno, saquemos al otro.* One's already out, let's get the other one out."

They boy ran away from the park and when he slowed down all he could remember was: *Ya salió uno, saquemos al otro.* One's already out; let's get the other one out. He went on saying it over and over:

"*Ya salió uno, saquemos al otro.*

One's already out; let's get the other one out."

And who should he meet up with on the street but a one-eyed man! The boy came along saying:

"*Ya salió uno, que saquemos al otro.*

One's already out, let's get the other one out."

"That's an outrageous thing to say to me!" the man said. "If you have to comment at all say, *Gracias a Dios que le queda uno.* Thank God there's one left."

When the boy was safely away from the man, all he could remember was: *Gracias a Dios que le queda uno.* Thank God there's one left. He said it over and over.

Otra vez el niño se fue corriendo. Cuando se paró lo único que recordaba era lo último que había oído: Que descanse ahí en paz para siempre. Siguió su camino diciendo:

Que descanse ahí en paz para siempre.

Que descanse ahí en paz para siempre.

Al final de la cuadra, en un parquecito, había un pozo. Un hombre que fue por agua dejó caer su cubeta al pozo y cuando un amigo trató de ayudarlo a sacarla, los dos cayeron dentro. Uno de los amigos logró salir del pozo, pero el otro quedó dentro pidiendo a gritos que lo sacaran. Y en eso llegó el niño diciendo:

Que descanse ahí en paz para siempre.

Que descanse ahí en paz para siempre.

—¿Qué dices? —le preguntó el hombre que estaba afuera—. El que está ahí abajo es mi amigo. Lo tengo que sacar.

Hizo que el niño lo ayudara y al fin lograron sacar al segundo hombre. El primero le dijo al niño: —Deberías haber dicho "Ya salió uno, saquemos al otro".

El niño salió corriendo del parque y cuando se paró lo único que recordó fue: Ya salió uno, saquemos al otro. Lo repetía mientras caminaba:

Ya salió uno, saquemos al otro.

Ya salió uno, saquemos al otro.

¡Y entonces vino a encontrarse nada menos que con un hombre tuerto! Y el niño venía diciendo:

Ya salió uno, saquemos al otro.

Ya salió uno, saquemos al otro.

—Es ultrajante, decirme eso a mí —le gritó el hombre—. Si quieres decir algo, debes decir "Gracias a Dios que le queda uno".

Cuando estaba a salvo del hombre, no pudo recordar más que: Gracias a Dios que le queda uno. Lo repetía una y otra vez:

Gracias a Dios que le queda uno.

Gracias a Dios que le queda uno.

"*Gracias a Dios que le queda uno.*

Thank God there's one left."

The next house he passed had a flock of chickens in the yard. Some dogs had gotten into the yard and the woman of the house was chasing them away with a broom. But one dog was very quick and spry and kept dodging the broom. She couldn't get it out of the yard. Just then the boy came along saying:

"*Gracias a Dios que le queda uno.*

Thank God there's one left."

The woman heard him and said, "Stop saying that! We have to get this bad dog out of here. He might kill the chickens. Come. Help me. Run behind him. Tell him, *Chiz! Chiz!* Get out of there. *Sal de ahí. ¡Sal, sal!*"

The boy stopped in his tracks. "*¡SAL!*" he shouted. He ran away as fast as he could, saying: "*Sal…Sal…Sal…Sal!*"

He didn't stop until he got to the little store. He bought a little package of the salt for his mother and ran home.

When he got home, his mother thanked him, "*Gracias, hijo mío.* Did you have any trouble along the way?"

"Well," the boy said, "I did have a few problems. Tell me, mami, why do people get angry so easily?"

His mother laughed and shook her head. "People don't get angry easily," she said. "Now go on outside and play. *Sal a jugar. Sal.*"

The boy covered his ears with his hands. "Mami," he shouted. "Please don't say that word again!"

The boy ran out of the house, and his mother never did find out why he couldn't stand to hear the word *¡SAL!*

El sofrito: a basic seasoning mixture used in Cuban cooking—onion, garlic, green pepper, cumin, all lightly fried in oil with a dash of vinegar and sugar.

En el patio de la próxima casa que pasó había unas gallinas. Los perros se habían metido en el patio y la señora de la casa los estaba espantando a escobazos. Pero un perrito era muy vivo y ágil y la esquivaba de manera que no lo pudo sacar. En ese momento llegó el niño diciendo:

Gracias a Dios que le queda uno.

Gracias a Dios que le queda uno.

La mujer lo oyó y le dijo: —Deja de decir eso. Tenemos que sacar a este perro travieso. Es capaz de matar a las gallinas. Ven. Ayúdame. Corre detrás del perro. Dile, "Chiz, chiz. Sal de ahí. ¡Sal, sal!".

El niño se paró en seco y gritó: ¡SAL!

Se fue corriendo a toda carrera. No paró hasta llegar a la bodega. Compró un paquetico de sal para su mamá y corrió a casa.

Cuando llegó, la mamá le dijo: —Gracias, hijo mío. ¿Tuviste algún problema en el camino?

—Bueno, tuve unos cuantos —le respondió el niño—. Dime, mami. ¿Por qué la gente se enoja tan rápido?

La mamá se rió y movió la cabeza. —La gente no se enoja rápido —le dijo—. Bueno, y ahora sal a jugar. Sal.

El niño se tapó los oídos y gritó: —Mami, por favor, ¡no vuelvas a decir esa palabra!

Salió corriendo de la casa y la mamá nunca supo por qué su hijo no soportaba oír la palabra ¡SAL!

THE HAIRY OLD DEVIL MAN
EL DIABLO PELUDO

THEY SAY THAT LONG AGO there lived a hairy old devil man. This devil's arms were hairy, his legs were hairy, his chest was hairy, his face was hairy, his tongue was hairy. He even left hairy footprints when he walked. He lived just over the hill from an old woman who had one daughter. The girl's name was Yajira and she was the most beautiful girl in the world. Her mother kept her hidden behind seven locked doors, safe from the old devil man.

Each day the old woman would go out to work in her fields. And then, when she returned home at five in the evening, she would stand outside and sing:

SE CUENTA QUE HACE MUCHOS AÑOS vivía un diablote peludo. Este malvado tenía los brazos peludos, las piernas peludas, el pecho peludo, la cara peluda, la lengua peluda. Hasta dejaba huellas peludas por donde pisaba al caminar. Vivía al otro lado de una loma donde vivía una viejita con una sola hija. La hija se llamaba Yajira y era la niña más hermosa del mundo. La madre la tenía detrás de siete puertas cerradas con llave, a salvo del diablo peludo.

Todos los días la vieja salía a trabajar al campo. Cuando regresaba a las cinco de la tarde se paraba fuera de la casa y cantaba:

Open up one and two and three.

Open up four and five and six.

Open up seven, Yajira.

And the daughter would unlock the seven doors singing:

One and two and three are done.

Four and five and six are done.

And seven: Come in, Mom!

One day before she left to work in her fields, the old woman said to her daughter, "I dreamed last night that the hairy old devil man came looking for you. I'm afraid he's going to carry you away."

"*¡Ay, Mamá!*" the girl said. "What are you worried about? I know that devil man's voice. I'll never open the seven doors for him."

"Just be careful," the mother said. "Be very careful." And she went off to work in her fields. She returned at five in the evening and sang:

Open up one and two and three.

Open up four and five and six.

Open up seven, Yajira.

And the girl unlocked the seven doors:

One and two and three are done.

Four and five and six are done.

And seven: Come in, Mom!

But the hairy old devil man was hiding nearby and he heard the song. He laughed to himself and said, "Now I know how to get into the house!"

The next morning before she went to work, the old woman said to the girl, "Last night I dreamed that the devil man was right here at the door trying to get in. Be very careful."

"*¡Ay, Mamá!*" the girl said. "Don't worry."

The mother had been gone for a few hours when the devil man came walking up the road, leaving hairy footprints as he came. He stood outside the house and sang in his big hairy voice:

Ábreme una, dos y tres.

Ábreme cuatro, cinco y seis.

Ábreme siete, Yajira.

Y la hija abría las puertas cantando:

Una, dos y tres están

cuatro, cinco, seis están,

siete ¡Ya mamá!

Un día, antes de irse a trabajar al campo, la vieja le dijo a su hija:

—Anoche soñé que el diablo peludo venía aquí buscándote. Temo que te vaya a robar.

—¡Ay, mamá! —dijo la muchacha—. ¿Por qué te preocupas? Yo conozco la voz del diablo. No le voy a abrir las siete puertas.

—Ten cuidado —dijo la mamá—. Ten mucho cuidado. Y se fue a trabajar al campo. Volvió a las cinco de la tarde y cantó:

Ábreme una, dos y tres.

Ábreme cuatro, cinco y seis.

Ábreme siete, Yajira.

Y la muchacha abrió las siete puertas:

Una, dos y tres están

cuatro, cinco, seis están,

siete ¡Ya mamá!

Pero el diablote peludo estaba escondido cerca y oyó la canción. Se rió para sí y se dijo: —Ya sé cómo entrar a la casa.

A la mañana siguiente, antes de irse a trabajar, la vieja le dijo a la muchacha:

—Anoche volví a soñar que el diablo estaba aquí, en la misma puerta, tratando de entrar. Ten mucho cuidado.

—¡Ay, mamá! —dijo la muchacha—. No te preocupes.

Unas cuantas horas después de que la madre se fuera, el diablo se acercó por el camino, dejando huellas peludas donde pisaba. Se paró fuera de la casa y cantó con su voz gruesa y peluda:

Opena oner, twozer, tree.
Opena fourter, fiker, zee…

Yajira knew that wasn't her mother's voice, and besides, it was far too early for her mother to come home. The girl shouted, "Get out of here, you bad devil. I know who you are."

The mean old devil man jumped in the air and spun around three times and ran away: *ra, ra, ra, ra, ra.*

The devil man ran until he came to a blacksmith shop. He said to the blacksmith, "Fix this hairy tongue of mine. It gets everything mixed up. And my voice sounds bad too."

The blacksmith heated up his forge. He put a one-inch iron bar in the fire and when it was red hot, he told the devil man, "Stick out your tongue."

When the devil man stuck out his tongue, the blacksmith grabbed it with his tongs. He singed the hair from the devil's tongue. Then the blacksmith put the devil's tongue on the anvil and — *pam, pam, pam* — he pounded it with his six-pound hammer until the tongue was as thin and fine as a little sparrow's.

The blacksmith said, "Let's hear you sing."

And the devil sang:

Open up one and two and three.
Open up four and five and six.
Open up seven, Yajira.

"Perfect!" the blacksmith said. "Now, just don't eat anything before you sing again."

The mean old devil man hurried back to the house, running with his head thrown back, looking at the sky, so that he wouldn't see anything to eat. But something snagged his foot and when he looked down he saw a dead snake. "My!" he said in his refined voice, "that looks very tasty." He swallowed the long, black snake. That made him hungry. He started looking for worms and lizards and spiders to eat.

Five hours had gone by before he finally got back to the house. When he got there he sang:

Ábre-re-reme uno, tos y tes.

Ábre-re-reme cuatro, quinco, ches…

Yajira sabía que no era la voz de su mamá, y además, era muy temprano para que su madre regresara. La muchacha gritó: —Vete, diablo malo, que yo te conozco bien.

El diablo malo pegó un brinco, dio tres vueltas en el aire y se fue corriendo: *ra, ra, ra, ra, ra.*

Corrió al taller de un herrero y le dijo: —Arréglame la lengua. Siempre se me traba. Y la voz me sale mal.

El herrero calentó su fragua. Puso una barra de hierro con grosor de una pulgada en el fuego y cuando estaba al rojo vivo, le dijo al diablo: —Saca la lengua.

Cuando el diablo sacó la lengua, el herrero la cogió con las pinzas. Chamuscó el pelo de la lengua. Después la puso en el yunque y — *pam, pam, pam* — dio con el martillo de seis libras hasta que la lengua quedó tan fina y delgada como la de un gorrioncito.

El herrero le dijo: —A ver, canta.

Y el diablo cantó:

Ábreme una, dos y tres.

Ábreme cuatro, cinco y seis.

Ábreme siete, Yajira.

—¡Perfecto! —dijo el herrero—. Pero no vayas a comer nada antes de volver a cantar.

El diablote malo se apresuró a regresar a la casa, corriendo con la cabeza echada hacia atrás, mirando el cielo, para no ver nada que comer. Pero se le enganchó un pie y cuando miró hacia abajo vio una serpiente muerta. Dijo con su voz refinada: —Qué bocado más apetitoso.

Se tragó la larga serpiente negra. Eso le dio hambre y se puso a buscar lombrices, lagartijas y arañas para comer.

Ya habían pasado cinco horas cuando al fin llegó de nuevo a la casa. Cantó:

Opena oner, twozer, tree.

Opena fourter, fiker, zee.

That didn't sound like Yajira's mother. And it was still too early. She shouted, "Go away, you bad devil. I know who you are!"

The hairy devil jumped in the air and spun around six times, and then ran away — *ra, ra, ra, ra.*

The devil ran back to the blacksmith shop. "Fix my voice again," he told the blacksmith. "You didn't do a good job."

"You must have eaten something," the blacksmith said.

The devil just mumbled, "Hum, hum, hum."

The blacksmith put the devil's tongue on the anvil. He picked up his twelve-pound hammer, and — *POM, POM, POM* — he pounded the devil's tongue until it was as thin as a mosquito's.

"Sing," he told the devil, and the devil sang:

Open up one and two and three.

Open up four and five and six.

Open up seven, Yajira.

"Now, don't eat anything on the way," the blacksmith told him.

The devil ran off toward the house with his head thrown back, looking at the sky. His left foot tripped over something, but he didn't look down. His right foot tripped over something, but he didn't look down. He got to the house at five minutes before five o'clock.

The devil sang:

Open up one and two and three.

Open up four and five and six.

Open up seven, Yajira.

Yajira unlocked the doors:

Ábre-re-reme uno, tos y tes.

Ábre-re-reme cuatro, quinco, ches...

Yajira sabía que no era la voz de su mamá. Además, todavía era muy temprano para que su madre regresara. La muchacha gritó: —Lárgate, diablo malo, que yo te conozco bien.

El diablo peludo pegó un brinco, dio seis vueltas en el aire y se fue corriendo — *ra, ra, ra, ra, ra.*

Regresó corriendo al taller del herrero.

—Arréglame la voz otra vez —dijo—. No lo hiciste bien.

—Habrás comido algo —respondió el hombre

El diablo masculló entre dientes: —Jmmm, jmmm, jmmm.

El herrero puso la lengua del diablo en el yunque. Cogió el martillo de doce libras y — *POM, POM, POM* — golpeó la lengua del diablo hasta que quedó tan fina como la de un mosquito.

—Canta —le dijo y el diablo cantó:

Ábreme una, dos y tres.

Ábreme cuatro, cinco y seis.

Ábreme siete, Yajira.

—Muy bien —le dijo el herrero—. Pero no comas nada en el camino.

El diablo se fue corriendo rumbo a la casa con la cabeza echada hacia atrás, mirando el cielo. Se le trabó el pie izquierdo, pero no miró hacia abajo. Se le trabó el pie derecho, pero no miró hacia abajo. Cuando llegó a la casa faltaban cinco minutos para las cinco.

El diablo cantó:

Ábreme una, dos y tres.

Ábreme cuatro, cinco y seis.

Ábreme siete, Yajira.

Yajira abrió las puertas:

One and two and three are done.
Four and five and six are done.
And seven…
¡Ay! It's the devil!

The hairy devil grabbed her and threw her over his shoulder and ran away — *ra, ra, ra, ra, ra.*

Five minutes later the old woman arrived. She saw the open doors. She saw the devil's hairy tracks leading away from the house. She started to cry and walked off, following the hairy footprints.

She met a hunter returning from the forest. "Why are you crying, *Mamá Vieja?*" the hunter asked.

"And why shouldn't I be crying?" the old woman said. "The hairy devil man has carried away Yajira."

"I'm so sorry," the hunter said. "But I can't do anything to that hairy devil man."

The old woman walked on crying. She met a fisherman returning from the sea. "Why are you crying, *Mamá Vieja?*" the fisherman asked.

"Why shouldn't I be crying?" the old woman said. "The hairy devil man has carried away Yajira."

"I'm so sorry," the fisherman said. "But I can't do anything to that hairy devil man."

The old woman walked on crying. She came to the seashore and stood looking at the hairy footprints floating on the water.

Just then, a handsome boatman came rowing along — *dale remo, dale remo, dale remo.*

"Why are you crying, *Mamá Vieja?*" asked the boatmen.

"Why shouldn't I cry?" the old woman said. "The hairy devil man has carried away Yajira. And look: He's walking across the water. I can't even follow him."

"Stop crying," the boatman said. "The hairy devil can't do anything to me."

The handsome boatman turned and rowed across the sea — *dale remo, dale remo* — until he came to an island. High on a cliff overlooking the water was a cave. The boatman waited until the hairy devil left the cave and then he climbed up the cliff.

Una, dos y tres están,

Cuatro, cinco y seis están,

Siete...,

¡Ay! ¡El diablo!

El diablote peludo la agarró, se la echó sobre un hombro y se fue corriendo — *ra, ra, ra, ra, ra.*

A los cinco minutos la vieja llegó. Vio las puertas abiertas. Vio las pisadas peludas del diablo que se alejaban de la casa. Se puso a llorar y se fue siguiendo las huellas del malvado.

Se encontró con un cazador que regresaba del bosque. El cazador le preguntó:

—¿Por qué llora, mamá vieja?

—¿Y cómo no voy a llorar? —dijo la mujer—. El diablo peludo se ha llevado a Yajira.

—Lo siento mucho —dijo el cazador—. Pero yo no puedo con el diablo peludo.

La vieja siguió su camino, llorando. Se encontró con un pescador que regresaba del mar. El pescador le preguntó: —¿Por qué llora, mamá vieja?

—¿Y cómo no voy a llorar? —dijo la vieja—. El diablo peludo se ha llevado a Yajira.

—Lo siento mucho —dijo el pescador—. Pero yo no puedo con el diablo peludo.

La vieja siguió su camino, llorando. Llegó a la orilla del mar y se paró allí, mirando las pisadas peludas que flotaban en el agua.

En eso, un hermoso barquero llegó remando — *dale remo, dale remo, dale remo.*

—¿Por qué llora, mamá vieja? —le preguntó el barquero.

—¿Cómo no voy a llorar? —le dijo la vieja—. El diablo peludo se ha llevado a Yajira. Y mira: camina sobre el agua. Ni siquiera lo puedo seguir.

—Deja de llorar —dijo el barquero—. El diablo peludo no puede conmigo.

El hermoso barquero dio vuelta y se fue a través del agua — *dale remo, dale remo, dale remo* — hasta llegar a una isla. Allá arriba en el acantilado que daba al agua había una cueva. El barquero esperó a que el diablo peludo saliera de la cueva, y luego subió el peñasco.

"Come with me now," he told Yajira. "My boat is waiting."

Together they climbed down the cliff and started rowing — *dale remo, dale remo* — back across the water. When they were halfway to the other side, they turned and saw the hairy devil in the distance, running across the water toward them. They rowed faster — *daleremo, dalaremo, daleremo.*

When they were three quarters of the way across, they could hear the devil man panting as he drew nearer. They rowed as fast as they could — *daleremo-daleremo-daleremo.*

When they were approaching the other shore, the devil man was so close he could almost reach out and touch the boat. The boatman grabbed a bucket and dipped it in the sea. He threw a bucketful of water at the devil man's legs. The heavy wet hair pulled him into the water up to his knees. But still he struggled on.

The boatman threw a bucketful of water at the hairy devil's waist. He sank into the sea up to his thighs. The boatmen threw another bucketful of water at the hairy devil's shoulders. He sank up to his chest. The boatman threw a bucketful of water at the hairy devil's head and he disappeared into the sea.

The boatman took Yajira and her mother back home and the old woman shared a secret with him. Do you know what it was? It was a song. It goes like this:

Open up one and two and three.

Open up four and five and six.

Open up seven, Yajira.

The boatman sang it every day when he went to visit Yajira. That is, he sang it every day until they got married and went off to live in a house of their own. But that's the beginning of another story.

—Ven conmigo —le dijo a Yajira—. Mi barco nos espera.

Bajaron juntos el acantilado y comenzaron a remar — *dale remo, dale remo, dale remo* — regresando a través del mar. Cuando llegaron a la mitad de la travesía miraron atrás y vieron al diablo peludo a lo lejos, corriendo hacia ellos por la superficie del agua. Remaron más rápido — *daleremo, daleremo, daleremo.*

Cuando ya habían recorrido tres cuartos de la travesía oían los resuellos del diablo que se les acercaba. Remaron lo más rápido que pudieron — *daleremo-daleremo-daleremo.*

Cuando estaban por llegar a la otra orilla, el diablo estaba tan cerca que casi alcanzaba el barco con la mano. El barquero cogió un cubo y lo llenó de agua del mar. Tiró el agua a las piernas del diablo. El pesado pelo mojado lo hundió en el agua hasta las rodillas. Pero siguió esforzándose.

El barquero le tiró otro cubo de agua a la cintura del diablo y éste se hundió hasta los muslos. El barquero le tiró agua a los hombros de diablo y éste se hundió hasta el pecho. Le tiró un cubo de agua a la cabeza del diablo y éste desapareció en el mar.

El barquero llevó a casa a Yajira y a su madre. Cuando llegaron a la casa, la madre le contó un secreto al barquero. ¿Sabes lo que fue? Fue una canción. Dice así:

Ábreme una, dos y tres.

Ábreme cuatro, cinco y seis.

Ábreme siete, Yajira.

El barquero cantó esa canción cada día que visitaba a Yajira. Es decir, la cantó cada día hasta que se casaron y se fueron a vivir a su propia casa. Pero eso es el comienzo de otra historia.

COMPAY MONO & COMAY JICOTEA
COMPAY MONO Y COMAY JICOTEA

COMPAY MONO THE MONKEY and Comay Jicotea the turtle were neighbors and they seemed to be the very best of friends. Compay Mono was a hard worker. He had a fine little farm where he raised all sorts of good food. In the east he planted pumpkins and in the west cassava. In the north he raised sweet potatoes and in the south yams. Each day Compay Mono visited every corner of his farm to pull up the weeds and make sure no harm had come to his crops. He was looking forward to a very good harvest.

But just before the pumpkins were ready to be picked, Compay Mono noticed that someone had entered his field at night and stolen some. At least ten of them were

COMPAY MONO y Comay Jicotea eran vecinos, y al parecer muy buenos amigos. Compay Mono era muy trabajador. Tenía un buen terrenito donde cultivaba toda clase de hortalizas. En el este, sembró calabazas y en el oeste, yuca. En el norte sembró boniatos y en el sur, ñames. Todos los días Compay Mono visitaba cada parte de su tierra para arrancar las malas hierbas y asegurarse de que sus cultivos no sufrieran ningún daño. Esperaba una buena cosecha.

Poco antes de que las calabazas estuvieran listas para cosechar, Compay Mono se dio cuenta de que alguien había entrado al campo y le había robado algunas. Por lo

missing. Compay Mono was worried, and later that day he talked to his neighbor, Comay Jicotea, about the theft.

"You'd better stay up tonight and guard your field," the turtle told him. "Stand there, on that little hill at the eastern end of your farm," she advised. "From there you can keep watch over your pumpkins and see if anyone enters the field."

Compay Mono followed the advice of his *comadre*. All night he stood at the eastern end of his little farm, carefully watching over the pumpkin patch to make sure no one entered. But the next morning when Compay Mono inspected the whole farm, he discovered that while he was guarding the pumpkins in the east someone had entered the western end and stolen his yuca.

Compay Mono told Comay Jicotea what had happened.

"You must have fallen asleep," his *comadre* told him. "Tonight let me guard your farm. The thief will probably enter the southern field this time. I'll stand guard there so that no one can steal your *ñame*s."

Compay Mono agreed, and that night while Comay Jicotea guarded the yams in the southern field, someone stole the *boniatos* in the northern field.

The next day Compay Mono told the turtle what had happened. Of course, she was very surprised and sympathetic. "How could that be?" she said shaking her head. "I never closed my eyes all night long. This must be a very clever thief."

Compay Mono was beginning to get suspicious. He knew that Comay Jicotea had a reputation for being tricky. But monkeys can be tricky too, and Compay Mono thought of a way to find out what was going on.

"Yes," the monkey said to his *comadre*, "there must be a very clever and dangerous thief in these parts. The next thing you know they'll come into my house and steal my money. I know what I'd better do. I'm going to hide all my money up in the loft. No one would ever think of looking for it up there."

That night Compay Mono lay awake in bed listening. Late in the night he heard someone tugging at the door. Slowly it opened and then in came the humped-back

menos, faltaban diez. Compay Mono se preocupó, y un poco más tarde le contó a su vecina Comay Jicotea lo del robo.

—Es mejor que que no duermas esta noche y cuides tu campo —le dijo la tortuga—. Ponte ahí en esa lomita al este de tu tierra —le aconsejó—. Desde ahí puedes vigilar las calabazas y ver si alguien entra en el campo.

Compay Mono siguió el consejo de su comadre. Pasó la noche entera en el extremo este de su granja, vigilando su sembrado de calabaza con empeño, para asegurarse de que nadie entrara. Pero a la mañana siguiente, cuando Compay Mono registró todo su terreno, se encontró con que mientras cuidaba sus calabazas en el este, alguien había entrado en la parte oeste, para robarle la yuca.

Compay Mono le refirió a Comay Jicotea lo sucedido.

—Te habrás dormido —le dijo la comadre—. Esta noche deja que yo vigile tu terreno. Es probable que el ladrón entre en el sur esta vez. Yo hago guardia allá para que nadie te robe los ñames.

Compay Mono estuvo de acuerdo, y esa noche mientras Comay Jicotea cuidaba los ñames en la parte sur, alguien se robó los boniatos en el norte.

Al otro día Compay Mono le contó lo sucedido a la tortuga, y por supuesto ella se mostró muy sorprendida y compasiva.

— ¿Cómo puede ser? —dijo, moviendo la cabeza—. En toda la noche no pegué ojo. Se tratará de un ladrón muy astuto.

Compay Mono empezaba a desconfiar. Sabía que Comay Jicotea tenía fama de tramposa. Pero los monos pueden tender trampas también, y Compay Mono pensó en una manera de aclarar el asunto.

—Sí —dijo el mono a su comadre—. Ha de haber un ladrón muy diestro y peligroso en estas partes. Lo más probable es que quiera entrar en mi propia casa y robarme el dinero. Sé lo que voy a hacer. Esconderé mi dinero en la barbacoa. ¿A quién se le ocurrirá buscarlo allí?

Aquella noche Compay Mono estuvo vigilando en la cama, mirando y escuchando. Muy entrada la noche, oyó que alguien halaba la puerta. Lentamente

form of Comay Jicotea. She headed straight toward the barbacoa and began climbing the ladder.

Compay Mono jumped out of bed and grabbed her. "You're the thief!" he shouted. "You're the one who stole my pumpkins and my yams and my yuca. And you thought you'd steal all my money too. I ought to throw you into the fire!"

Comay Jicotea looked very ashamed. "You're right," she said. "I deserve to be punished. But it won't help to throw me into the fire. My shell won't burn and I'll never learn a lesson from that. You should throw me into the river. I'm terrified of the cold water, but I know it's just what I deserve."

As everyone knows, monkeys are afraid of water, and so what that crafty Jicotea said made sense to Compay Mono. He picked up the turtle and ran to the river with her. He threw her as far out into the water as he could, and, of course, the tricky little Comay Jicotea swam away laughing to herself.

To this day, Comay Jicotea sometimes comes out to sun herself on the bank of the river, but she spends most of her time in the water. She knows Compay Mono still wants to catch her and punish her, but she knows that if she just jumps into the river, the monkey will never dive in after her.

Compay and *comay:* short for *compadre* and *comadre*. If a man is godfather to your child, he is your *compadre*. A woman who is godmother to your child is your *comadre*. Since people usually choose good friends to be their child's godparent, *compadre* and *comadre* often just mean good friend.

la puerta se abrió y la forma jorobada de Comay Jicotea entró. Fue directamente a la barbacoa y empezó a subir la escalera.

Compay Mono saltó de la cama y la agarró.

— ¡El ladrón eres tú! —gritó—. Tú eres la que me robó las calabazas y los ñames y la yuca. Y pensabas robarme el dinero también. Me dan ganas de echarte a la candela.

Comay Jicotea se mostró muy arrepentida: —Tienes razón —confesó—. Me corresponde un castigo. Pero echarme a la candela no servirá, pues mi carapacho no se va a quemar, eso no será un escarmiento. Es mejor que me tires al río. El agua fría me aterroriza, pero sé que me lo merezco.

Como todo el mundo sabe, los monos le temen al agua, y Compay Mono creyó lo que decía la tramposa de Jicotea. La levantó y la llevó corriendo al río. La tiró lo más lejos de la orilla que pudo, y por supuesto, la astuta Jicotea se fue nadando, riéndose por dentro.

Todavía hoy, aunque Comay Jicotea sale del río a veces para tomar sol en la orilla, pasa casi todo el tiempo dentro del agua. Sabe que Compay Mono todavía quiere atraparla y castigarla, pero sabe que sólo tiene que tirarse al río y Compay Mono no se va a meter en el agua para seguirla.

YOU CAN'T DANCE
NO BAILA

LONG AGO, at the beginning of time, all the animals were tormented by a family of devils. There was *el papá diablo*. He was as mean as poison. There was *la mamá diabla*. She was as mean as vinegar. And there was *el niñito diablito chiquitito*, the little bitty baby devil. He was mischievous and full of tricks.

The devils drove everyone crazy. They didn't let any animal family live in peace. They managed to turn every dinnertime conversation into an argument. They found a way to make every animal dance or party end up in a fight. The only time those devils weren't tormenting the animals was when they were dancing—because as mean and mischievous as they were, they did love to dance.

Mucho tiempo atrás, en el principio del mundo, todos los animales fueron atormentados por una familia de diablos. Había un papá diablo que era tan malo como el veneno, una mamá diabla, que era tan mala como el vinagre y un niñito diablito que era travieso y bien tramposo.

Los diablos tenían locos a todo el mundo. No dejaban que ninguna familia de animales viviera en paz. Se las arreglaban para que cada conversación a la hora de la comida se convirtiera en una disputa. Encontraban la manera de hacer que cualquier baile o fiesta de los animales terminara en pelea. El único momento en que los diablos no atormentaban a los animales era cuando estaban bailando, pues a pesar de ser tan malvados y enredadores, les encantaba bailar.

One day all the animals gathered together to figure out a way to rid the land of the devil family. Every animal had a different plan and none of them sounded like it would work. Then the leader of the *guanajos,* the turkeys, stood up to offer his idea. The other animals all snickered. They didn't think the *guanajos* were very bright at all and couldn't imagine that their leader would have a good idea. But they liked what they heard.

The lead *guanajo* suggested they have a dance, but not one where you could dance the way most animals or people dance. It would be a turkey dance. To show what he meant, he started clapping his hands and singing like this:

You can't dance, you can't dance.

If you have a head, you can't dance.

All the other turkeys tucked their heads under their wings and danced. It really looked as though they didn't have heads. Then the leader of the turkeys explained how they could use the dance to get rid of the devils.

All the animals agreed to the plan and they went right to work. First the elephants pounded down the ground to make a dance floor. The monkeys brought sticks to fence off the area where the dance would be held. The musicians went home and got their instruments. The goat brought his guitar and the parrot brought his *tres.* The lion brought his *cencerro,* and the bull his *bongó.* There were *güiros* and *maracas;* there were *claves* and *chéqueres* — everything you need for wild dance music. That evening all the animals gathered at the dance ground and the musicians started to play. The other animals clapped and sang:

You can't dance, you can't dance.

If you have a head, you can't dance.

The turkeys began to dance with their heads hidden under their wings. The music grew wilder and louder, until it filled the forest. *El papá diablo* woke up and heard it. He went to investigate. By the time he got to the dance, the papa devil's feet were already dancing.

El papá diablo stood at the gate looking into the dance, his feet moving to the rhythm of the music. He said to the gorilla, who was the doorkeeper, "What's this?"

Un día todos los animales se reunieron para buscar la manera de quitarse de encima a esa familia de diablos. Cada animal proponía un plan distinto y ninguno parecía bueno. Luego el jefe de los guanajos, los pavos, se paró para ofrecer su idea. Los otros animales se rieron de él. No creían que los guanajos fueran listos y no se imaginaban que su jefe pudiera proponer nada inteligente. Pero les gustó lo que oyeron.

El jefe de los guanajos sugirió que hicieran un baile, pero no uno en que se pudiera bailar como los animales y la gente solían hacer. Iba a ser un baile al estilo guanajo. Para demostrar lo que quería decir, se puso a dar palmadas y a cantar así:

No baila, no baila.

El que tiene cabeza no baila.

Todos los guanajos se metieron la cabeza debajo de un ala y bailaron. Parecía que de verdad los guanajos no tenían cabezas. Luego el jefe de los guanajos explicó cómo podrían valerse de tal baile para acabar con los diablos.

Todos los animales se pusieron de acuerdo y entraron en acción enseguida. Primero, los elefantes apisonaron la tierra para hacer una pista de baile. Los monos trajeron palos para cercar el área donde se celebraría la fiesta. Los músicos se fueron a casa para traer sus instrumentos. El chivo trajo su guitarra y el loro su tres. El león trajo su cencerro y el toro su bongó. Había güiros y maracas, claves y chéqueres... todo lo necesario para tocar música alegre para bailar. Al anochecer todos los animales se reunieron en el lugar del baile y los músicos comenzaron a tocar. Los otros animales dieron palmadas y cantaron:

No baila, no baila.

El que tiene cabeza no baila.

Los guanajos comenzaron a bailar con la cabeza metida debajo de un ala. La música era cada vez más fuerte y alegre, hasta que el bosque se llenó del sonido. El papá diablo se despertó y oyó la música. Enseguida se fue a investigar. Cuando el papá diablo llegó al baile su pies ya bailaban.

El papá diablo se paró en la puerta, mirando el baile, moviendo los pies al compás de la música. Le preguntó al gorila, que era el portero: —¿Qué es esto?

"What does it look like?" the gorilla said. "It's a headless dance. Can't you hear the song?"

The papa devil paid attention to the words of the song for the first time. He heard all the animals singing:

You can't dance, you can't dance.

If you have a head, you can't dance.

"That's a good song," the papa devil said. "And I really like the music. Can I go in?"

"Not if you have a head," the gorilla told him. "But if you really want to dance, the hyena has a good sharp machete. He'd be happy to cut your head off for you."

"Cut my head off?" stuttered the devil. "But how will I get it back on?"

"Talk to the rat. He has some good strong glue. He'll glue your head back on when the dance is over and you're ready to go home."

The papa devil hesitated, scratching his head. But the music was so lively and tempting, and he couldn't keep his feet from dancing. Finally he ran over to where the hyena was waiting beside a tree stump. He laid his head on the stump and the hyena raised his machete. *CHOP!*

One devil was gone!

The drummers picked up the pace of the music and the other musicians followed along. All the animals clapped and sang even louder.

You can't dance, you can't dance.

If you have a head, you can't dance.

Soon the mama devil began to wonder what her husband was up to. She followed the sound of the music. By the time she reached the fiesta she was swinging her hips and rolling her eyes.

"I love that music," she said to the gorilla. "What kind of party is this?"

"Headless dance," the gorilla said without turning his head toward her.

"What's that?"

"A headless dance, just like the song says," the gorilla told her. "If you want to go in, you have to take off your head."

—¿Qué te parece a ti? —le respondió el gorila—. Es un baile sin cabeza. ¿Qué, no oyes la canción?

El papá diablo se fijó en la letra de la canción por primera vez. Oyó que los animales cantaban:

No baila, no baila.

El que tiene cabeza no baila.

—Es una buena canción —dijo el papá diablo—. Y me encanta la música. ¿Puedo entrar?

—No con cabeza —le dijo el gorila—. Pero si de veras quieres bailar, la hiena tiene un machete afilado. De buena gana te cortaría la cabeza.

— ¿Qué me cortaría la cabeza? —balbuceó el diablo—. ¿Pero, cómo la voy a recuperar?

—Habla con la rata, ella tiene un pegamento muy fuerte. Te la puede pegar cuando termine el baile y quieras regresar a casa.

El papá diablo vaciló, rascándose la cabeza. Pero la música era tan alegre y tentadora, que no pudo evitar que los pies le bailaran. Al fin corrió junto al tronco donde la hiena lo esperaba. Puso su cabeza en el tronco y la hiena alzó su machete. *¡ZAS!*

Se terminó un diablo.

Los tambores apresuraron el ritmo y los otros músicos lo siguieron. Los animales arreciaron las palmadas y el canto:

No baila, no baila.

El que tiene cabeza no baila.

Pronto la mamá diabla comenzó a preguntarse qué andaba haciendo su marido. Siguió el sonido de la música y cuando llegó a la fiesta estaba moviendo las caderas con los ojos puestos en blanco.

—Me encanta esa música —le dijo al gorila—. ¿Qué tipo de fiesta es ésta?

—La del baile sin cabeza —le respondió el gorila, sin mover la cabeza.

—Y eso, ¿qué es?

—Un baile sin cabeza, así como dice la canción —le dijo el gorila—. Si quieres entrar, te tienes que quitar la cabeza.

"But my head's not removable," the mama devil said.

The gorilla gestured over his shoulder and said, "That's where the hyena can help. His machete is sharp. He'll chop it off for you."

"Chop it off?" the mama devil asked. "And who'll put it back on?"

"Rat has the glue," the gorilla said.

The mama devil was seduced by the music. Down came the hyena's machete. *CHOP!* Another devil was gone.

The musicians played so fast and the animals sang so loud that the trees of the forest began to tremble.

You can't dance, you can't dance.

If you have a head, you can't dance.

The bitty baby devil jumped out of his bed. "Who's making all that noise?" he shouted. Then he noticed the beat of the music. "Oh! That's nice," he said. He went dancing out of the house and dancing through the forest until he reached the party.

"That's some good music you animals are playing," he said to the gorilla. "I think I'll go on in and join the dance."

"You can't," the gorilla answered, shaking his head.

"Why not?"

"You have a head. Can't you hear the song? Can't you see the dancers? This party is reserved for headless dancers. If you want to go in, talk to the hyena. He'll be happy to cut your head off for you."

The little bitty devil's eyes grew wide. "Cut my head off?" he asked.

"Sure," the gorilla told him. "Rat will glue it back on when you're tired of dancing."

El niñito diablito thought it over. Then he said, "I don't understand this very well. Maybe you can show me how this works."

"Me?" said the gorilla. "I'm no dancer. Even with my head cut off, I couldn't dance."

"I'm not so sure I could either," said the little bitty devil. "I'll just stand out here and

—Pero mi cabeza no es de quita y pon —le dijo la mamá diabla.

El gorila señaló sobre un hombro y le dijo: —Para eso ve a donde está la hiena. Su machete está afilado y te la puede cortar.

— ¿Cortármela, dices? —preguntó la mamá diabla—. ¿Pero quién me la va a volver a poner?

—La rata tiene pegamento —le dijo el gorila.

La diabla se dejó seducir por la música. Bajó el machete de la hiena: ¡ZAS!

Se terminó otro diablo.

Los músicos tocaron tan rápido y los animales cantaron tan alto que el bosque comenzó a temblar.

No baila, no baila.

El que tiene cabeza no baila.

El niñito diablito saltó de la cama y gritó: —¿Quién está armando tanto escándalo?

Luego se fijó en el ritmo de la música y se dijo: —¡Me gusta! Y salió bailando de la casa. Se fue bailando por el bosque hasta llegar a la fiesta.

—Qué buena música tocan ustedes —le dijo al gorila—. Creo que voy a entrar y unirme al baile.

—No puedes —le dijo el gorila, moviendo la cabeza negativamente.

— ¿Por qué no?

—Tienes cabeza. ¿No oyes la canción? ¿No ves a los bailadores? Esta fiesta está reservada para los que no tienen cabeza. Si quieres entrar, habla con la hiena. De buena gana te cortará la cabeza.

Al diablito chiquito se le pusieron los ojos como platos:

— ¿Me cortará la cabeza? —preguntó.

— ¡Claro que sí! —le dijo el gorila—. La rata te la puede volver a pegar cuando te canses de bailar.

El diablito chiquito lo pensó. Luego dijo: —No lo entiendo bien. A lo mejor me lo puedes demostrar.

— ¿Yo? —le dijo el gorila—. Yo no sirvo para bailar. Ni sin cabeza lo podría hacer.

listen to the music for a while. Maybe when I'm older, I'll go to a headless dance."

No matter how fast the musicians played or how loudly the animals sang or how wildly the *guanajos* danced, they couldn't entice *el niñito diablito* into the dance. When the sun came up, they all went home. The little bitty devil went home too.

Things were a lot better in the forest with the mean mama and papa devil gone. Most of the time, life went on without a problem. Because the animals weren't able to trick the little bitty devil, though, he's still around and still manages to cause a little trouble now and then. But then, without troubles there wouldn't be any stories for us to tell.

Tres: An instrument similar to a guitar, with three pairs of strings.
Cencerro: A cowbell.
Bongó: A set of bongo drums.
Güiro: A large gourd with a hole cut in one side and ridges carved in the other.
A stick drawn across the ridges creates a rasping rhythm.
Maracas: Hand-held rattles.
Claves: Two hardwood sticks held in the hands and tapped together.
Chéquere: A gourd covered by a net with beads woven into it that is shaken to create rhythm.

—A lo mejor yo tampoco puedo —dijo el diablito chiquito—. Me quedaré un rato aquí escuchando la música. Quizá cuando sea mayor iré a un baile sin cabeza.

 Por muy rápido que tocaron los músicos, y por muy alto que cantaron los animales, y por muy desenfrenadamente que bailaron los guanajos, no lograron hacer que el diablito chiquito entrara al baile. Cuando salió el sol, todos los animales se fueron a casa. El diablito chiquito también se fue a la suya.

Las cosas mejoraron bastante en el bosque, ya que el papá diablo y la mamá diabla no estaban. La mayoría del tiempo, los animales vivían libres de problemas y todavía viven así. Pero como los animales no pudieron engañar al diablito chiquito, anda suelto todavía y de cuando en cuando se las arregla para ocasionar algún trastorno. Pero bueno, sin problemas no habría historias que contar.

NOTES TO READERS AND STORYTELLERS

YAMS DON'T TALK

There are many African tales of a harmless animal frightening everyone with loud, threatening talk. Many readers will be familiar with Verna Aardema's popular picture book *Who's in Rabbit's House*, which is based on a Masai tale. Osain is one of the major *Orishas*, the "owner" of the woods. He has power over healing plants and herbs, which are called *ewe*. Traditionally, there is only one Osain. He has one arm, one leg and one ear. It is usually said that he had a quarrel with another *Orisha* named *Changó*, who blasted him with a lightning bolt and left him in such a sad condition. This tale was collected and retold by Lydia Cabrera in her book *Cuentos negros de cuba* (1940). Osain of the Two and Three Feet are not a standard part of Afro-Cuban story lore, but they add an interesting humorous touch to this tale. Several good books about *Santería* have been written in English by Migene González-Whippler.

THE FIG TREE

This story is related to the well-known Grimms' tale "The Juniper Tree." Tales of a plant that speaks or sings to expose a crime appear in almost every collection made in Latin America. Most often, it's a flute made from a plant growing above the grave that tells of the foul deed. The three golden objects turn up in many, many stories and play a variety of roles in the plot. This telling is based on the three versions of the tale collected by Martha Esquenazi and published in her book *Los cuentos cantados en Cuba*, with some additions of my own. Interestingly, the third version in Esquenazi's book is actually a game in which the tale is acted out by the children.

THE GIFT

There is a large body of myths and parables dealing with the Orishas, the deities of the Afro-Cuban religion usually referred to as *Santaría*, which is a blend of African religion and Catholicism. The stories are given the name *patakís*. The African elements are mainly associated with the culture of the Yoruba people (in Africa pronounced Yóruba, but in Cuba pronounced with the accent on the second to the last syllable) of present-day Nigeria. The first Cuban to seriously study these stories and many other aspects of Afro-Cuban culture was the great scholar Fernando Ortiz (1881-1969). He wrote the introduction to a collection of Afro-Cuban tales published in 1940 by Lydia Cabrera, *Cuentos negros de cuba*. This story is based primarily on the tale "Obbara miente y no miente" from that book. Samuel Feijóo also offers a version in *Mitología cubana*. The theme of the humblest and least regarded proving to be the most worthy has world-wide appeal.

DANCE, NANA, DANCE

Stories about the theft of fire are fascinating. In Native American tradition, it's often Coyote or Raven who accomplishes this feat. Tales of magic twins seem to abound among aboriginal peoples as well. This story is based on "Los jimaguas" (*jimagua* is a cubanism meaning twin) in Martha Esquenazi's *Los cuentos cantados en Cuba*. She points out that it is unusual among Cuban tales of African origin because the characters are people rather than animals. She also mentions that other versions have been collected elsewhere. The song in the original is longer and Esquenazi transcribes the melody she collected. The trick of siblings or relatives trading places to win an endurance contest, usually a race, is popular and widespread.

THE LAZY OLD CROWS

The idea of someone pretending to be helpless in order to make others provide for them seems to appeal to the folk imagination. Every trickster cycle has at least one example. The tale of a man who pretends to be dead so that he doesn't have to pay his debts is

extremely popular in Latin America, usually with a humorous ending involving the person being mistaken for a ghost. The con man/animal usually comes to a worse end than the ones I give the crows in this tale. In fact, in the original version collected by Samuel Feijóo, the old birds are burned up in the fire. In my retelling, I wanted a gentler ending. I suppose such stories are popular because they teach so well by negative example.

PEDRO MALITO

There are many tales of a lucky charm that backfires, such as the universally known story of "The Fisherman and His Wife," which I loved as a child. The most extreme example is when a person who has been granted a wish gets frustrated and fumes, "I wish I were dead!" The general pattern of this tale led me to assume that it was of European origin; however, Raouf Mama shares a very similar African tale from his native land of Benin in *Why Monkeys Live in Trees*. The protagonist of the variant in María del Carmen Victori Ramos' *Entre Brujas, Pícaros y Consejos* is none other than Pedro de Urdemales, a classic rascal in Spanish folklore. Samuel Feijóo collected the story as "Juan Jaragán y el diablo" and his version is the one most Cubans are familiar with.

BORN TO BE POOR

Tales that deal with the cause of wealth and poverty, success or failure in life, are quite common in Latin American folklore. The eternal question is whether one's lot in life is the result of fate, luck or hard work. The typical conclusion seems to be the one expressed in this story: If you're born to be poor, you're going to be poor. In his collection *Latin American Folktales*, John Bierhorst includes a story from Argentina in which a king tries without success to lift a man from poverty. Finally a voice speaks to him from a cross hanging on the wall: "*No hagas rico a quien yo hice pobre.*" On the other hand, Martha Esquenazi draws from this story the idea that if a person convinces himself that he's bound to suffer poverty or other misfortune, he is indeed going to

have that as his lot in life. The retelling is based on her version in *Los cuentos cantados en Cuba*. This is a good story to have young writers extend. It doesn't have to end where it does. Maybe there's a way for the shoemaker's life to change after all.

YOUNG HERON'S NEW CLOTHES

In the United States, the best-known character from African folklore is Anansi, the trickster spider. Although *la jicotea*, the turtle, is the more common trickster in Cuba, tales of Anansi occur as well. Martha Esquenazi explains that Anansi belongs to the lore of Ghana and neighboring countries, while the turtle represents cultures of Nigeria and the so-called Slave Coast. In the early part of the twentieth century, Cuba received many Jamaican immigrants and Esquenazi identifies this tale as representative of that community. In this story, Anansi is mentioned only in passing and the real focus is on the Young Heron who falls in love with Anansi's daughter. I was especially drawn to role of the little brother, which is so human.

WE SING LIKE THIS

I assume a version of this African story was the original inspiration for P.D. Eastman's popular children's book *Are You My Mother?* Margaret Read MacDonald has published a version of the story, as have others. Elvia Pérez includes a retelling in her book *From the Winds of Manguito*. Her version is based on the tale collected by Martha Esquenazi and published in *Los cuentos cantados en Cuba*, as is my version. In both the original collected by Esquenazi and in Pérez' version, the parent herons just abandon the eggs after the female lays them. Esquenazi thought this reflected observation of the birds' natural behavior. I did a bit of research, however, and learned that herons actually tend their eggs carefully, with the male and female taking turns sitting on the nest. I included that information in my version. The songs in the original are much longer and more complex. Esquenazi, who is a musicologist, transcribes the melodies in her book. I suggest that tellers just make up a simple tune that children can join in on.

BUY ME SOME SALT

Most storytellers will be familiar with the related Appalachian tale "Soap, Soap, Soap" in Richard Chase's *Grandfather Tales* or Joseph Jacobs' version from the British Isles. A picture book offering of a Turkish variant is *Just Say Hic* by Barbara Walker. I had long wanted to find a variant from Latin America and discovered "El bobo que iba versando" in Feijóo's *Cuentos populares cubanos de humor*. I especially like to tell this story to fourth graders. I point out that the story has "automatic memory." If you remember what the boy says, you'll remember who he meets up with; if you remember who he meets up with, you'll remember what they tell him to say. It's a perfect tale for a beginning storyteller.

THE HAIRY OLD DEVIL MAN

Martha Esquenazi identifies this as a story told by Haitian immigrants. A very similar story appears in Diane Wolkstein's collection of Haitian tales *The Magic Orange Tree*. I made no attempt to preserve the original songs which are a blend of Spanish, Haitian Creole, African dialect and onomatopoetic syllables. My change enables the children to participate in the telling, but, of course, it sacrifices much authenticity. Stories of bogey men and devils who carry off young girls are ubiquitous. Often the villain is as much a buffoon as a threat.

COMPAY MONKEY AND COMAY TURTLE

There is no tar baby or *muñeco de brea* in this story, but it has a lot in common with the best-known of the Br'er Rabbit tales. The most obvious parallel is the turtle's request to be thrown into the river, just as the rabbit asks to be thrown into the briar patch. Actually, in world folklore that trick is far more often associated with a turtle than a rabbit or any other animal. Martha Esquenazi identifies this as a tale of African origin in her book *Los cuentos cantados en Cuba*, and Samuel Feijóo recorded an Afro-Cuban version and included it in *El negro en la literatura folklórica cubana*, but it seems just as likely to have come from Spain. Native Americans in the southwestern United

States seem to have adopted a similar story from the Spanish and many variants have been collected in the pueblos of New Mexico. The monkey's trick of pretending to inadvertently let the suspected thief know where he's hiding his money is one that shows up all over the world.

YOU CAN'T DANCE

Many Cuban storytellers tell this Afro-Cuban tale. I heard it for the first time at a festival in Santiago de Cuba. It's obviously a great one for audience participation. Samuel Feijóo collected it from the oral tradition and included it in his books *Mitología cubana* and *El negro en la literatura folklórica cubana*. Elvia Pérez includes her version, based on Feijóo, in *From the Winds of Manguito*. As Margaret Read MacDonald points out in her notes to that book, tales of tricking an evil character into hurting himself are widespread and popular, both in the Old World and among indigenous people in the Americas. Tricks based on a characteristic animal behavior, such as tucking the head under a wing or standing on one foot, are common as well.